老玩童漫游阿拉伯

——沙特阿拉伯、巴林、约旦、黎巴嫩

邓予立 著

中国社会出版社
国家一级出版社·全国百佳图书出版单位

图书在版编目（CIP）数据

老玩童漫游阿拉伯：沙特阿拉伯、巴林、约旦、黎巴嫩／邓予立著．—北京：中国社会出版社，2019.7
ISBN 978－7－5087－6205－0

Ⅰ.①老…　Ⅱ.①邓…　Ⅲ.①游记－作品集－中国－当代　Ⅳ.①I267.4

中国版本图书馆 CIP 数据核字（2019）第 154827 号

书　　名：老玩童漫游阿拉伯——沙特阿拉伯、巴林、约旦、黎巴嫩
著　　者：邓予立

出 版 人：浦善新
终 审 人：尤永弘
策划编辑：刘海飞
责任编辑：魏光洁

出版发行：中国社会出版社　　**邮政编码**：100032
通联方式：北京市西城区二龙路甲 33 号
电　　话：编辑部：（010）58124827
销售部：（010）58124827
网　　址：www.shcbs.com.cn
shcbs.mca.gov.cn
经　　销：全国各地新华书店

中国社会出版社天猫旗舰店

印刷装订：河北鸿祥信彩印刷有限公司
开　　本：145mm×210mm　1/32
印　　张：6.75
字　　数：135 千字
版　　次：2019 年 9 月第 1 版
印　　次：2019 年 9 月第 1 次印刷
定　　价：55.00 元

中国社会出版社微信公众号

推荐序 1

面对中东：他始终有一双发现美的眼睛

法国艺术大师罗丹曾说过一句话：这个世界并不缺少美，缺少的是一双发现美的眼睛。而本书作者，香港亨达集团创始人邓予立先生就同罗丹一样，有一双发现美的眼睛。

我与邓先生相识已近十载。那时我在中共陕西省委统战部任副部长，因为工作关系我们成了好朋友。好朋友之间，自然会天文地理、人文历史胡侃八侃，聊到哪儿算哪儿，可谓无话不说、无秘不谈。从闲聊中悉知，邓先生可不是一般的金融家、企业家、慈善家、收藏家，而是在这些形而下的称谓之上，还应有一个响当当的形而上的名号，那就是艺术家。

我很好奇，邓先生那么忙，哪有时间再去钻研摄影艺术。邓先生告诉了我一个秘密，这么几十年，他每天睡觉只有三到四个小时，余下的时间，都用来工作和旅行摄影，他要把这个地球上所有的美好，用他的镜头展示给那些没有条件去漫游世界的人。截至目前，他已经走遍了世界上 80% 以上的国度。这本摄影游记，就是他游历中东的成果。

提起中东，人们的脑海中不自觉地会浮现出“中东战争”。那是一块纷争不断的土地，很多地方都留存着战争的痕迹，个别地方可以用满目疮痍来形容。但是，这又是一块历史悠久的土地，在这块土地上，烙印着人类早期文明的足迹。当您走在这里的每一寸土地上，都能感知到远古的呼唤：那些宗教的纷争、那些民族的矛盾、那些国与国之间的分分合合，都糅成了一股云烟，飘荡在这片神奇的土地上。

而邓先生来到这块土地上，用他那独特的视角，寻找着这块土地的神秘、惊奇与美丽。从沙特阿拉伯到巴林，从巴林到约旦，再从约旦到黎巴嫩，邓先生的镜头中，记录着每一个玄妙的瞬间，他将它们凝固成一个个音符，组成了这样一部摄影作品的交响曲。

有摄影图片，自然要写图片的来历，这个过程就催生了一篇篇游记。邓先生的游记往往有感而发，并非简单地游历纪实，他的游记不仅展示了“游”的浪漫，也渗透了散文那种特有文体的美丽。我实在不想从内文中摘录片段进行注解，也不想从游记中寻找一些著名的景区进行佐证。我感觉这样做，就如一桌丰盛的美食，客人还没来，主人就先动了筷子。真正美食的味道，还要客人自己用自己的味觉去感知。

邓先生在管理企业上有一个观点，他认为企业就是一件艺术品，雕塑得好与不好，精细还是粗糙就要靠艺术家，而这个艺术家就是管理者。邓先生就是企业管理艺术的大家。而今，邓先生又深入摄影艺术、文学艺术，展示自己艺术的另一面，真是可喜可贺。

众所周知，邓先生还非常乐善好施，是慈善事业的忠实践行者。前几年，邓先生曾捐资 100 万元人民币，支持西安美术学院学科建设与青年教师人才的培养，并被聘为西安美术学院博物馆名誉馆长。西安美术学院是我国西部地区久负盛名的艺术学府，其中也设有摄影专业，在西部乃至全国都有一定的影响力，此次邓先生的游记摄影作品再一次出版问世，也是西安美院的殊荣。在此，作为西安美院的领导，我对邓先生表示祝贺的同时，也道一声深深的感谢!

天下之美，无人不爱。也衷心希望读者跟着邓先生的镜头，尽情去体验中东的历史之美、文化之美、风光之美。

是为序。

西安美术学院党委书记　王家春

2018 年 11 月 19 日

推荐序 2

真正的旅游达人

我与邓兄的相识是由从事黄金生意时开始的，当时他成立了亨达集团，至今已有近 15 年了。

近年邓兄退居幕后，常看到他周游列国的照片，享受优哉游哉的生活，实在令人羡慕。他选择在事业如日中天的阶段，同时向新兴趣进发，还不遗余力地举办多次摄影展及著书，将他的所见所闻跟大家分享，让我们大饱眼福，这份热诚及勇敢并不容易。

邓兄是少数以文字和专业拍摄，带大家游历不同国度的旅游专家，是真正的旅游达人。上次在东北摄影展及著作发布会上，我看到他的拍摄装备及资料收集都非常专业和齐全。他跟我们分享了他在拍摄过程中的甜酸苦辣，为了精益求精，他会在不同季节多次到访当地，务求每一景都拍出最佳效果，他的这份坚持实在令人敬佩。

早前看了邓兄的《老玩童闯印度》后，让我有一游印度的冲动。这次邓兄出版的第 11 本博文集，将带领大家游历世界最大的半岛——阿拉伯半岛，书中描述了当地的历史文化、宗教、自然生态等。看完邓兄的这本书，一股要到当地开开眼界的意欲油然而生。

这本中东之旅游记，更令我想起一部我很喜爱的电影——《夺宝奇兵3：圣战奇兵》。这部影片的拍摄场地正是坐落于阿拉伯半岛，即作为“世界新七大奇迹”之一的约旦佩特拉“玫瑰古城”。

本书有别于坊间的旅游书，是一本实实在在的游历记载，非常值得大家阅读和珍藏！

金银业贸易场理事长　张德熙

推荐序 3

中东四国的古文明现场

南朝刘宋时期画家宗炳撰写的《画山水序》中，阐释贤者周游四方，以澄明的心怀细赏山水万象，将观察所得，以形写形，以色貌色，将千里江山化为山水画作，以画传理，分享仁智之乐。邓予立先生的新作与宗炳的山水画，有异曲同工之妙。邓先生将游览沙特阿拉伯、巴林、约旦、黎巴嫩的旅途所观所感化为文字与图像，令读者能够“卧游山水”，足不出户亦能享受山水之乐。

邓先生对于上述中东四国的政治、经济、宗教及文化特色了然在胸。这四国在他笔下活灵活现：沙特阿拉伯俨如沙漠中的皇者，近年实行改革，除了建造气派非凡、鹤立鸡群的吉达塔与王国中心大厦以外，更积极发展金融业，让利雅得成为“沙漠的曼哈顿”，以傲视中东甚至全球；巴林王国被喻为“海湾的明珠”，犹如一位几经历练仍风韵犹存的妇人，它面朝大海，春暖花开，是风光宜人、让人闲适的后花园；约旦本身缺乏天然资源，又与巴勒斯坦、以色列、叙利亚等战事频仍的国家接壤，面对如此形势，约旦仍能周旋列国之间，并结合多元文化发展本国经济，仿佛是深谙适者生存之道的智者；黎巴嫩恰似一位具有异国风情的美人儿，历来获得迦南、古罗马、腓尼基及奥斯曼等国垂青，却不时遭受战火蹂躏，依然如香柏树般坚毅屹立，惹人怜爱。在游山玩水之外，邓先生亦往往早着先机。譬如书中述及巴林政府在西部海域发现储油量达到百亿吨的大油田，预示乐观的发展前景。邓先生除了享受“壮游”之乐，同时又寻找商机外，更是对中国“一带一路”倡议的关切与积极响应。游山玩水之中，其实蕴含了他深厚的爱国情怀。

不同于宗炳志于佛理，邓先生始终心怀天下，以古鉴今，思考国家兴亡。令人印象深刻的一幕，是他站在颓垣败瓦上，面向日落潮退，遥想过去在巴林盛极而衰的迪尔蒙古文明。这种感慨仿佛昔日苏轼赤壁怀古的心情，面对如画江山，忆念一时多少豪杰。

在黎巴嫩巴卡斯神庙的石柱遗迹前，邓先生深刻地反思：

今日的我们，又将留给千百年后什么样的遗产，用来证明我们所生活的这个时代。是否能让后人们，如现在我们仰望这些巍巍屹立千年的石柱一样，感到同样的震撼？

这不禁令人思考，生于斯，长于斯，我们是否能在这城市留下一些值得存留的遗产，足以启迪后世？邓先生以游记分享仁智之乐，或许已在不知不觉间，给人同样的震撼。

香港中文大学文物馆副研究员　何碧琪博士

2018 年 11 月 24 日于东京浅草

推荐序 4

A Most Enjoyable Journey Through Arabia

Mr Deng got his first taste of Middle Eastern customs and traditions on a trip to Dubai twenty years ago. Since then he has visited the region numerous times travelling across Saudi Arabia, Bahrain, Lebanon and Jordan exploring what this wonderful Arabian terrain has to offer. From the magnificent sight of the Edge of the World in the Tuwaiq Mountains northwest of Riyadh with splendid views of the plain below, the First Oil Well in Bahrain, the Phoenician city of Baalbek in the Beqaa Valley to the spectacular red rose Nabataean city of Petra one of the New Seven Wonders of the World.

As well as its mysterious history, Mr Deng has submerged himself in the culture and the culinary delights that the Arabian Peninsula and the Middle East has to offer. He has visited places that most people would not have had the privilege to have visited and as a keen photographer he has managed to capture some wonderful images of iconic Heritage sights like Anjar and Byblos in Lebanon and Jerash in Jordan, Balad in Saudi Arabia and the mystical Tree of Life in Bahrain.

A most enjoyable journey through Arabia and the Middle East taking in some of the best sights this diverse landscape has to offer and the history behind them.

Hayel Abu Hamdan

Chief Operating Officer of Hantec Markets Limited

推荐序 4　中译

愉快的阿拉伯穿越之旅

邓先生和中东传统与习俗的初次邂逅始于他 20 年前的迪拜之旅。从那时起，邓先生便多次踏足这片土地，在沙特阿拉伯、巴林、黎巴嫩和约旦的版图上寻找阿拉伯世界的神奇。他曾深入位于利雅得西北部的图伟克山脉（Tuwaiq Mountains），站在气势雄伟的“世界边缘”（Edge of the World）将脚下浩瀚壮阔的平川尽收眼底，探访过位于巴林的“一口井”，游历过腓尼基人在贝卡谷地巴尔贝克的定居地，也曾独闯被评为“世界新七大奇迹”之一，由纳巴泰民族创建的沧海遗珠，美丽的“玫瑰古城”佩特拉。

除了神秘的历史，阿拉伯半岛和中东特有的文化和美食也让邓先生乐在其中。他探索的是大多数人并没有机会亲身到达的地方，而作为一个敏锐的摄影师，他总是能够捕捉到古迹中最有标志性的一面，无论是在黎巴嫩的安杰尔和比布鲁斯，约旦的杰拉什古城，还是在沙特阿拉伯的阿尔巴拉德，当然这些生动的美图中也包括被巴林人视为奇迹的“生命之树”。

在穿越阿拉伯和中东旅程中最愉悦的事情，无疑是一边领略丰富地貌中最美丽的风景，一边沉浸在沿途背后悠悠的历史长河中。

Hayel Abu Hamdan
Chief Operating Officer of Hantec Markets Limited

推荐序 5

从第 142 个国家出发

当邓先生要我替他第 11 本博文集《老玩童漫游阿拉伯——沙特阿拉伯、巴林、约旦、黎巴嫩》写序时，仔细一算，才赫然发现我认识邓先生已 16 年了。

这些年来，每当邓先生准备前往某地出差开会，安排行程时，他总是老话一句："我这次可以顺道到哪些地方旅游？"这时我就会开启搜寻模式，打开谷歌地图，按着光标开始研究旅行路线，模拟好整趟行程后，就大胆地建议邓先生前往。

邓先生有个非常令人佩服的个性，就是从来不排斥及畏惧前往新的国度，他尤其喜爱体验新鲜事物。此外，尽管身为集团的大老板，他却丝毫没有一点架子，喜爱结交朋友，如在每个国家替他安排行程的导游或司机，最后都成为他的好友或粉丝，这一点真不是每个人都可以办到的。

邓先生乐于和人分享已是众所皆知。最初，他为了更进一步分享旅游中的所见所闻而开始执笔，不料博文集竟因此一本本相继出版。而后他希望将旅游中看到的自然与人文景色更好地保留下来，更意外培养出他的摄影兴趣，甚至经常废寝忘食地学习摄影，让人钦佩他的执着与精益求精。

随着旅游的地点越来越多，他累积的粉丝也越来越多，大伙儿就像追剧一样，盼着他踏上新国家，将旅途中的点点滴滴见闻传上朋友圈。当然，他也因此被好友们赠予“老玩童”这样一个封号。

走过百余个国家的邓先生除了为好友们开启新眼界外，每到访一个新国家，他往往同时具备两种角色：一是爱旅游的老玩童；二是商业巨子的集团主席。而他在不同的角色间切换自如，开关模式自动 ON/OFF。前一刻他还在探访各旅游景点的风土民情，一旦嗅到商机，下一刻立即通知公司团队跟进，深度了解当地市场。许多分公司都是由他这样打前锋而开设成立，成功地让集团在世界版图上占有一席之地，并且越来越茁壮！

这么多年的出差兼旅游，在老玩童身上自然也发生过不少意外事件。由于他通常一个人独自游走各地，难免会忘东忘西，例如，他曾经在机场休息室睡过头，连登机都没赶上；有一次更夸张，才到转机点就以为抵达目的地而入境该国，使得航空公司人员满机场疯狂找人。另外，他对于旅程中的住宿其实要求不多，但有个特别的坚持，就是不住房间号含有数字“4”的房间。若酒店安排有“4”数字的房间号，他一定要求更换房间。

老玩童给自己定了一个目标，他要在 70 岁之前，旅游 150 个国家，而黎巴嫩正是他到访的第 142 个国家。我相信他一定能够在 2019 年完成 150 个国家的旅游计划，更期待老玩童继续迈入他第二轮的 150 个国家的旅游目标！

亨强国际旅行社总经理　陈淑燕

目 录

CONTENTS

沙特阿拉伯

沙特阿拉伯是在阿拉伯世界中国土面积排第二的国家，仅次于阿尔及利亚。

地理位置上，沙特阿拉伯北部与约旦和伊拉克接壤；东北部与科威特接壤；东边和卡塔尔、巴林及阿拉伯联合酋长国交界；东南方和阿曼接壤；南方则与也门交界。

沙特阿拉伯是唯一同时拥有红海和波斯湾海岸线的国家，国土面积大部分是由不宜居住的沙漠与贫瘠的荒野组成。然而，它却是世界上石油生产量与输出量最高的国家，被列为世界收入最高的国家之一。

作为中东伊斯兰世界成员国，沙特阿拉伯采用君主世袭制、政教合一的威权政权。

黄沙路迢迢的沙特之旅

2017年2到3月，沙特阿拉伯（Saudi Arabia，简称沙特）国王萨勒曼展开了一场高调的亚洲之行，陆续访问马来西亚、印度尼西亚、文莱、日本，3月15日则到中国进行为期3天的访华行程。

此行的阵仗十分庞大，非常引人注目，代表团近1500人，行李逾500吨，其中还包括两部让国王走出机舱便可以搭乘下到地面的镀金自动电扶梯。据称，在东京访问期间，代表团预订了1200间高级客房，并以数百辆豪车代步，着实令人大开眼界。

代表团在中国的访问也深受瞩目。中国是沙特阿拉伯最大的出口国与进口国，双方经贸往来频繁。目前沙特阿拉伯致力于经济转型，不希望将全国的经济押在石油产业上，为此双方此次签署了多项协议和谅解备忘录，在石油与非石油领域上，更进一步推动两国之间的相互合作，加深双边关系。

○ 典型的“沙漠之国”，可耕地面积占全国1%

很凑巧的是，2016年秋末冬初，我也才刚经历一段

“沙漠之国”沙特阿拉伯的旅程。

沙特阿拉伯位于世界最大的半岛阿拉伯半岛（Arabian Peninsula）上，半岛在亚洲和非洲之间，总面积约300万平方千米。我从2012年开始，就频繁往返半岛，甚至在阿联酋的迪拜（Dubai）建立了公司据点。除此之外，我还分别到过阿曼、卡塔尔、科威特。2017年的炎夏，我更前往约旦首都安曼，独闯红岩峡谷的“玫瑰古城”佩特拉，还漂浮在美丽又神奇的死海上。此次半岛行，唯一的目的地就是沙特阿拉伯这个伊斯兰教的发源地了。

沙特阿拉伯是阿拉伯半岛上最大的国家，国土面积约占整个半岛的80%，相当于我国新疆维吾尔自治区和青海省两省区的面积总和。沙特阿拉伯刚好在半岛中央，东濒波斯湾，西临红海，是半岛上唯一一个同时拥有两条海岸线的国家，不过它大部分土地都是贫瘠的荒野，差不多有一半是荒茫的沙漠，适合耕种的土地不到全国面积的1%。

天无绝人之路，大抵是上天给予的补偿，土地贫瘠的沙特却拥有极为丰富的自然资源，尤其沙特的名字几乎可以与石油画上等号，被称为“石油王国”。沙特是世界上最大的石油生产国和出口国，国内石油储藏量仅次于委内瑞拉，为世界第二多，随着持续的勘探开发，石油的储量仍在不断增加。石油的发现，改变了沙特的命运，使它从传统的农耕游牧蜕变为石油化工业的国家，也一跃成为全球最富裕的国家之一。

对于沙特，其实我了解得并不多，大部分都是听来的传闻：该国仍然是一个政教合一的君主专制国家，全国人民都是穆斯林，外国人要移民到此并不是件易事。目前全国人口 3000 多万，其中 20%~30% 是外来人口。在信奉伊斯兰教的人之中，约 85% 属于逊尼派，仅有 15% 是什叶派。

沙特拥有两个圣城，一个是麦加（Mecca），另一个是麦地那（Medina）。麦加是所有穆斯林心中共同的圣城，是先知穆罕默德的诞生地和伊斯兰教的发源地，信徒每天都要朝麦加城的方向行礼跪拜五次，并念诵《古兰经》；麦地那是穆斯林的第二圣地，是先知穆罕默德复兴伊斯兰教初期的政治、宗教活动中心，亦是其安葬之地。两地皆为全球穆斯林必来朝觐的圣地。

○ 女性的统一服装：黑袍、黑面纱、黑手套、黑鞋袜

沙特的治安相当良好，皆因对国民的管治十分严厉，执法严峻，现仍然保留鞭刑、剁手刑罚和斩首等。再者，人民的信仰非常虔诚，宗教本身对于人们也十分具有约束力。沙特除了有维持社会治安的警察外，特别的是还有一批宗教警察（Religious Police），他们由一群志愿者或执法者组成，根据《古兰经》经文规定，维护宗教风纪。这些宗教警察身穿白袍，携带木棍或皮鞭，每天在市内巡逻执勤。一旦遇见违背宗教风纪行为的人，无论国民或外籍人士，他们都会挥起木棍、皮鞭抽向这些人，毫不手软。这

往往被西方社会认为是“不文明”的行为。不过近一两年来，宗教警察已经日趋少见了。

沙特对女性服饰的要求，相较于半岛上其他 6 个国家更为严格。当地的妇女全身都必须罩上黑袍、黑面纱、黑手套，甚至连鞋袜都是黑色的，外人唯一能见到的只有她们一双双明亮的眼睛。就连前来旅游的女性，也一视同仁。一踏进入境大厅，女性就必须与男性分开，若服装未遵守规定，就会立即被要求披上一袭特别为女性旅客准备的黑色长袍和头巾，然后才准许过关。然而对女性装扮如此严格的规范之下，黑袍的样式其实也非一成不变的，除了最普通单调的样式，另外也有带了花纹图案的，或者在边缘或袖口装饰不同颜色的绲边，据说有些昂贵的黑袍上甚至还镶了钻石呢!

○ 来沙特，禁忌不可不知

出发到沙特前夕，我被专业人士一再提醒，许多重要的宗教圣地、古迹都只对穆斯林开放，像我这样的外地旅客是不能随便进入的。台湾旅行社的陈总知道我喜欢拍照，又爱随处抓拍，更是絮絮不休地叮咛我，千万不要把在其他国家的习惯带到沙特，在公众场所不可把黑衣妇女摄入镜头，更不要在圣迹一类的地点随意拍照，否则会招致不必要的麻烦。林林总总的各种规条，真让我感到有点惶恐。

值得一提的是，要到沙特，必须先申请当地的入境签证，可是申请过程和手续并不容易，而且耗时较长。我打听过申请入境签证分为朝觐、访问和工作签证，并没有一般国家的旅游观光签证。在此感谢中国驻沙特使馆朋友的关照和帮助，使我只花一个小时就在北京的沙特使馆获得“特事特办”的入境签证，也让我这趟黄沙万里行得以实现。

经过 10 多个小时的航程，我搭乘的飞机终于徐徐降落在有“帐篷城”之称、以开国君主名字命名的吉达阿卜杜勒 - 阿齐兹国王国际机场（King Abdulaziz International Airport，简称吉达机场）。

吉达（Jeddah）是沙特第二大城市，距离麦加圣城不过

机场的朝觐航站楼大厅，采用钢柱支撑，空间宽敞舒适

白色帐篷设计的吉达阿卜杜勒-阿齐兹国王国际机场，融合传统阿拉伯文化和现代风格设计，且有折射阳光、通风等环保功能

70 多千米，因而每年朝觐期间，机场总是挤满了来自世界各地的朝觐者。据统计，每年单是正式朝觐期间接待的旅客就逾 200 万人，若再加上副朝（正式朝觐时间以外进行的朝觐）和观光游客等，人数就更多了，可以说这个机场是世界上最为繁忙的机场之一。

该机场共有 4 个航站楼，分别为王室专用、朝觐专用、沙特航空公司专用和其他航空公司使用。其中的朝觐航站楼（Hajj Terminal）不得不介绍，它占地面积达 105 平方千米，可同时容纳 8 万多名旅客。特别之处在于它属于室外航站楼的形态，采用法国人的设计，融合传统阿拉伯文化和现代风格，创意新颖。整个航站楼用帐篷覆盖，并采用钢柱支撑，且帐篷是以一种反光的玻璃纤维制成，有效地把 75% 的阳光折射出去，从而降低了机场的酷热，加上室外航站楼四周并没有用墙壁围起，更多了一重通风的作用。

我搭乘摆渡车经过航站楼时，远远望见一片白色的大帐篷，非常壮观。这令我回想起几年前曾经去过澳洲北领地沙漠中的艾尔斯岩度假村，该处也是采用白色帐篷设计，颇有异曲同工之妙，不过论及规模，当然无法与吉达机场这 210 顶高 45 米的伞形帐篷相比了，如今它已成为吉达的地标性建筑。可惜我乘坐的航机停泊在北航站楼，只能远观，无缘近距离欣赏它的特别设计。

“红海新娘”——吉达

大抵是目前并非朝觐季节的缘故，吉达机场的入境旅客不多，我也未因为身份非伊斯兰教徒的关系而受到刁难，只花了 20 多分钟，就顺利通关了。

走出机场，迎面扑来一股热流，虽然是清晨时分，气温已达 28℃了。前来接我的司机表示，11 月刚好是冬季开始，气温比 10 月时的秋季低得多，而且吉达邻近红海，气候温和宜人，是旅游的好时节。

在前往市中心酒店的公路上，未见拥挤繁忙的交通，林木甚少，散落在两侧的民房疏落，却见到不少艺术雕塑。进入市区前，一座大型地球仪映入眼帘，这座球形塑像在夜晚会点起彩灯，非常亮丽，是吉达的市区景点之一。因为沙特政府不想把国家的经济全押在石油产业上，所以近年来已经开始着手发展旅游业，除部分伊斯兰的圣地古迹不对外开放外，其他城市都欢迎世界各地的旅客参观。

大型地球仪塑像的周围插满绿色的沙特国旗，国旗上的图案是白色的花纹和一柄宝刀，白色代表的是纯洁，而这花纹是用阿拉伯文书写的清真言：“万物非主，唯有真主；穆罕默德，主之使者”，清真言是伊斯兰教最根本的信条，代表穆斯林认主独一的信念，并接受穆罕默德

一座大型的地球仪，四周环绕绿色的沙特国旗

为真主的使者，这段文字是作为一个穆斯林每日都必须诵读的。国旗上的宝刀则象征国家会不惜用武力来捍卫伊斯兰的荣誉。

吉达坐落在沙特西部，临红海之滨，有“红海新娘”之美誉。它是一座拥有 1400 多年历史的古老海港城市，连接亚、非、欧三大洲的重要海运纽带，又处在两座伊斯兰圣城麦加和麦地那的中间，是进入两地朝觐的主要入口。

初次邂逅吉达，它就给我留下极好的印象。

吉达拥有一条长达 80 千米的海岸线，沙特政府在海岸线上修筑一条海滨大道，是市民休闲的好去处。伫立海边，可以眺望红海，寻找《出埃及记》故事的源头。

红海海滨大道夜景

今天的吉达，面积约1200平方千米，人口有340多万，其中1/3来自外地。吉达不仅是历史文化的古城，更兼商业和金融中心，又是阿拉伯半岛的重要港口，沙特皇室还在此设立行宫，作为避暑休闲之用。此外，许多外国领馆、国际组织、跨国企业等都在市内设立分公司或办事处。在沙特国内，吉达是最富有的城市之一，商业繁荣发达。

为了节省时间，我马不解鞍，立即乘车掠过市中心，直奔与也门接壤的南部哈巴拉（Habalah）山区，听闻这里有“戴花环的男人”（flower men）屯居于此。从市区到山区，需要3个多小时车程。半途中，我们经过圣

海滨大道旁的艺术装置

沙尘飞扬中，隐约可见目前世界排名第三高、有 601 米高的麦加皇家钟塔饭店

城麦加，我本想央求司机顺道进入圣城参观伊斯兰的圣地，却被印度籍的司机劝止。他说城内只限伊斯兰教徒进入，其他外来人等一律不得擅自踏进，一旦被发现，就会被宗教警察严惩，难逃一顿木棒抽打刑罚。

我只好绕城而过，在外围惊鸿一瞥发现城内有座耸入云端的高塔，听司机介绍这便是麦加皇家钟塔饭店（Abraj Al Bait），它在 2012 年才建成完工，目前是世界第三高建筑，601 米高的钟塔楼比台北 101 高出 90 多米。虽然公路上沙尘飞扬，钟塔顶端的黄金新月依然隐约可见。钟塔上有四面大时钟，面向麦加大清真寺（又称禁寺，Al-Masjid

圣城麦加外围依山势而筑的红砖平顶民房

al-Haram）的钟面直径达到46米，比伦敦的大本钟（2012年改名为“伊丽莎白塔”）还大6倍。这是沙特的鸿鹄之志，他们期待这塔楼的时间有朝一日能取代格林尼治时间，成为新的世界标准时间。由于这家饭店的位置就坐落在禁寺旁，非常方便朝觐的信徒观看时间。

圣城麦加的外围是依山势而筑的红砖平顶民房，挤叠在砂岩的山丘上。遗憾的是我们未能停留观赏，只能继续穿过夹在大漠中的公路，途中经过不少市镇，接着沿曲折的绕山公路向海拔2000多米高的山地疾行，哈巴拉山区已经遥遥在望。

○ 哈巴拉——悬崖上的戴花人

“哈巴拉”这个名字在阿拉伯文中是“绳索”的意思，因为这座小村庄自古就建在悬崖之上，远离市区，几乎与世隔绝，过去靠着绳梯作为与外界联络的交通工具。

这里的部族来自阿拉伯西南部的提哈姆（Tihama）和阿西尔（Asir），村内男人一直保留着头戴花环的习俗。他们每天到山中采摘野生茉莉、金盏花花蕊和紫苏，编织成美丽的花环戴在自己的头上。传说这一习俗已流传两千多年，至于出自什么典故、代表什么意思，就不得而知了。

过去哈巴拉不为外人所认识，直到近年政府开发旅游业，才将此处开拓成旅游景区，盖起饭店。为解决交通问

哈巴拉山顶上的狒狒

乘坐花骆驼漫游崖顶

题，更从山腰间修建一条登山缆车道直达村落。不过政府的用心却适得其反，戴花族人认为旅客的滋扰已然深深影响到他们原本世外桃源般的生活。这儿的民风强悍，政令是行不通的，诸多事情都交由村落部族来自决，族人携带匕首，维持村内的治安秩序，甚至不时与旅客发生冲突，严重的还有暴力事件，令人闻之色变。我听说之后，便也不敢贸然深入刻意去寻找那些“戴花环的男人”了。

虽无缘见到戴花人，但来到山顶，可见清一色用石头砌成的村落民房，门廊上面刻有精美的雕饰。站在崖边环视四周，远望是绵延起伏、云雾缭绕的山峦；近处则有一层一层错落有致的梯田。公路仿佛一条白蛇，弯弯曲曲绕山而建。

这里不仅有令人精神大振的自然美景，还可以骑上打扮得花枝招展的骆驼，在崖顶漫游，伴着身边一群猕猴互相嬉戏追逐，也是相当特别的体验。

回程路上，公路上车辆越来越多，交通一下子拥堵起来，因此耽搁了不少时间。我们足足花了四个多小时，才终于来到漆黑一片的红海海滨大道。在海面上，我一眼就看到高而宽阔的喷泉，直冲天际。喷泉的水来自红海，据说是世界上最高的喷泉，从海面上喷出的水柱可达 312 米（有一说是 260 米），冲到高处的水洒落同时，受到风力吹拂，朝一侧倾泻而下，加上一道超强力灯光的照耀，犹如一面白色的珠帘，令人叹为观止。司机介绍，每天的黄昏时分，市民云集于此，席地乘凉观赏喷泉，是一项重要的娱乐活动。

花枝招展的骆驼，邀请游客乘坐

红海的喷泉

魅力古城

我在吉达临海滨大道的酒店过了一夜，次日起来，迎着清晨的海风，漫步在繁华的新城商业区。依海湾而建的海滨大道非常宽阔，道路两旁包括马路上的分隔岛都植满了棕榈树，像一把把巨大的阳伞，将大道变成一个绿树成荫、环境优美的滨海公园。路边还摆放着不少具有阿拉伯风格的雕塑品，充满艺术氛围，并盖起许多凉亭，方便游人休憩乘凉。

商业区内一座挨着一座的商业大厦，高耸入云，是酒店、百货商店和餐馆的集中地。这些新建的高楼犹如一堵高墙，把后面低矮的旧建筑遮挡住。此刻时间尚早，路上未有熙来攘往的热闹情景，往来的游人和车辆寥寥无几，商业区有点冷清的感觉，只有鸽子和海鸥成群结队，在草地和沙滩上悠然自得地飞翔和觅食。

吉达的北面，是沙特王室斥资 200 多亿美元打造的新城，新城中心有座建筑特别引起世人的瞩目，那就是正在赶工建设中、耗资达 13 亿美元的吉达塔（Jeddah Tower）。它从 2014 年开始动工，预计 2020 年完成，建成后这座高 1008 米近 170 层的大楼，将超越迪拜的哈里法塔，成为全球最高的摩天大楼。沙特王室的果敢与豪气令世人瞠目结舌，惊叹不已。

海滨大道绿树成荫，路边置放着具有阿拉伯风格的雕塑品

兴建中的吉达塔

我曾听闻，上帝创造的人类始祖——亚当和夏娃墓地都在沙特境内，而“众生之母”夏娃的墓地正是在吉达城。我本来打算去参观一番，然而司机表示墓地面积并不大，加上并没有文字记载和标志，视野所及不过是一堆隆起的土丘，是否真的是传说中的夏娃墓地，至今仍是一个谜。而亚当的墓地，据说是在麦加东边的米纳（Mina）的一间清真寺内，那就更不容易找到了。听罢我只好打消走访墓地的念头，转往吉达的另一个好去处——阿尔巴拉德（Al-Balad）老城。

○ 世界文化遗产——阿尔巴拉德

老城阿尔巴拉德建于 7 世纪，当时已经是朝觐者进入两座圣城的唯一海港。16 世纪，这里又曾被奥斯曼帝国（Ottoman Empire）占领和统治过，至今城内仍保留着丰富而多元的历史文化，于 2014 年被列入世界文化遗产名录。

原本阿尔巴拉德古城以城墙包围，并有四座城门，如今徒留一座古城门供后人凭吊，不过近年沙特政府又重建了两座。至于围墙，则经受不住历史的洗礼，早已灰飞烟灭。

老城门景观

维修中的古城门

为了保留古迹，沙特政府拨出巨款，在城内大举动工修葺，计划耗费五年时间维修古城，让阿尔巴拉德古城重现昔日的光华。

老城区的面积不大，半天时间就可以走一遍。让我留下深刻印象的是其中 500 多栋具有 200 多年历史的房屋，当我漫步城内，仿佛穿越了历史隧道，回到十六七世纪的阿拉伯世界里。

导游建议我在游古城前，最好先参观两座博物馆：一座是由著名老建筑 Nasseef House 改造成的；另一座是吉达市博物馆（Jeddah Municipality Museum）。如此一来，才可以对吉达古城多点认识。博物馆内介绍阿拉伯人传统的生活面貌，也陈列很多来自外国的珍藏、文物和珠宝等。

吉达市博物馆

正进行全面修葺的 Al Shaf'i Mosque 清真寺，左方为其宣礼塔

不过我来到的这天正好遇上祈祷日，两座博物馆都不对外开放。我只好踏上凹凸不平的大理石和花岗岩路面，钻进古城里的曲折巷弄。

首先映入眼帘的是一座古老的清真寺 Al Shaf'i Mosque，如今它也正在进行全面修葺。古寺曾遭遇多次水灾，地基已然下陷，连宣礼塔都残破不堪，要把它重新翻修复原，恐怕得花很长的时间。

那些遗留下来的房屋，尽管屋身破败，却依然具有可看性。房屋建材很有特色，用上了珊瑚，并以木板加固，所以近看墙身并不平滑，反而凹凸不平。木雕镂空设计的窗台非常显眼，窗花的木纹图案十分美观精致，富有奥斯曼时代的梦幻风格。仔细观察，可以发现每幢房屋的窗框、大门、门锁、门扣，甚至门耳都各有不同。

听导游介绍，这些镂空的窗台具有多种功用，除了增添房屋的美观外，还有通风和透光的作用，更有隔开外界的用途，屋内的女子可以隔着镂空的窗户观看外面的世界，同时遮掩住外人的目光，这样的设计与印度斋浦尔“风宫”的设计非常相似。

古城的窄小巷弄像蜘蛛网般互相连接，一拐弯或见小广场，又或是清真寺，随处藏着惊喜，古色古香的街灯，更是让古城散发出一股古朴的魅力。最受欢迎的非市集（Souk）莫属，总是令旅客乐不思蜀、流连忘返。大大小小的商店云集，售卖着各种沙特特产，如乳香

木雕镂空设计的窗台以及镂空的窗户

具有镂空窗台的房屋

（Frankincense）、辛香料、椰枣，它们被称为沙特“三宝”。吉达人跟其他中东地区的人民一样喜爱黄金饰物，因此市集内当然少不了黄金店铺，不过规模就比我在迪拜所见的小得多。

古城原来的居民在发现石油后，大部分摇身变为新贵巨贾，纷纷外迁到新的富人区，留下来的特色房屋，则成为许多来自周边也门、叙利亚和巴基斯坦移民的居所，每幢房屋内住满多户人家，这个区域也变成了新移民的集中地。

而市集的商店老板，也换上叙利亚人经营。需要提醒的是，游客在购买当地特产、漂亮头巾、黑长袍或传统手工纪念品等时，都得小心挑选，以免买到冒牌货。

墙身凹凸不平，并用木板加固的特色建筑

古城市集

红海为何这么红

“红海新娘”吉达可以说是红海岸边的一颗明珠。来到吉达，就一定要去看看红海，探个究竟，到底她为何那样红？

根据《圣经》中的《出埃及记》一文记载，公元前13世纪，犹太人的民族英雄摩西（Moses）带领以色列人逃离埃及，在茫茫红海前停下脚步，后方埃及法老的追兵紧随而来，正处于前无去路、后有追兵的危急关头。但见摩西面向大海，高举神杖，顷刻间一阵风把海水分到两侧，中间出现一条路，让以色列人平安穿过。待他们走过之后，海水立即合拢，把后面追来的埃及士兵一举淹没在大海中。《圣经》上的这个故事家喻户晓，红海自然也就添上一层神奇的色彩，更加“红”透半边天。

在地理版图上，红海是阿拉伯半岛和非洲大陆之间的狭长内海，全长约2200千米，最宽的地方为300多千米，平均水深为500米左右，然而最深处却达到2200米。从它的西北面穿过苏伊士运河，就可以直通地中海；南面的出海口则是水流湍急的曼德海峡，通过这险恶的海峡与亚丁湾相连。这条连起欧、亚、非三大洲的重要水道，自1869年苏伊士运河凿开后，成为世界上最繁忙的航道之一。

红海为什么叫红海？是否因为海水呈现红色之故？我带着满腹疑问，跟随导游登上游艇，深入红海寻访内里缘由。

午后，吉达的上空万里无云，视野清晰，让我得以在艇上尽览两岸景物。当游艇驶近那幢未来世界最高的摩天大楼——吉达塔时，我清楚望见它周围竖起一台台吊臂起重机，吉达塔顿时仿佛一位鹤立鸡群的巨人。

海滨大道上如同帷幕般的大型凉亭、标新立异的度假别墅，以及林林总总放置在大道上的巨型帆船、海鸟、鲸鱼等雕塑，目不暇接。美丽的海岸线成了泳客的天堂，特别是每日的傍晚，可见到更多民众到海滩嬉水乘凉。

美丽的海岸线是泳客的天堂，公众海水浴场区分男、女泳客戏水区

私人海水浴场才可以和家庭成员一起使用

在吉达，很多场所，包括餐厅都区分男、女和家庭不同的接待区域，游客千万记住不可误入“禁区”，以免招来麻烦。海水浴场也不例外，有私人和公众之分。私人海水浴场可以让家庭男女老少一同使用，而公众海水浴场就得分开男、女泳客，不能共同畅泳，女性还需要穿着密密实实的黑长袍，就连享受阳光海滩的乐趣也受到约束。而在内湾海面上驾驶海上电单车和快艇逐浪嬉水也只能是男士们的专利了。

红海的海水在阳光的猛烈照耀下，呈现了多层次的深浅颜色。可是我仅见到温柔妩媚的蓝绿色，却看不见一丝红色，依旧没有弄清楚“红海”这名字是从何而来。

有一说法是红海地处亚热带，夹在两侧酷热的沙漠间，这里炎热少雨，海水蒸发强烈，又常年缺乏河水注入，含

驾驶海上电单车和快艇逐浪嬉水是男士们的专利

盐度高。在表层的海水中，有一种红色海藻生长繁茂，使得海水略呈红色，因而得名。

我认为这是最基本的说法，应该还有别的解释。后来利雅得的朋友提供了不同的说法：由于红海地靠非洲沙漠，经常吹来热气流和红黄色的沙尘雾，不但使天空变暗，海面亦会呈现暗红色。

更有人说，红海靠近非洲沿岸的地方，有一片红黄色的岩壁，经过阳光的折射，使得海水也出现红色光泽。除此之外，还有一派学者认为，有些民族会用颜色来代表方位，黑色是北方，红色则为南方，因此红海的“红”字代表的是一种方位，红海指的是“南方的海”。红海名称的由来，还真是众说纷纭！

纯白的水上清真寺由石桩承托，仿佛漂浮于海上

○ 红海边的水上清真寺

吉达城内虽然有不少清真寺，但让我留下最美丽回忆的，莫过于一座建在红海边上的清真寺，因其外墙洁白无瑕，而有“白色清真寺”之称。导游说它是当地最有名气的清真寺，特别之处在于其 2/3 的建筑是在海面上，由多根石桩承托住。每当涨潮时分，清真寺好似漂浮在海上，因此又被称为水上清真寺（Floating Mosque）。

我很纳闷，为何清真寺的一半建筑要延伸到海上，尚未得知答案之前，原以为不过是一种特别的设计，直到导游跟我说，伊斯兰信徒认为“真主的宝座位于水面之上”，才令我恍然大悟。我在寺外欣赏这座融合现代和古伊斯兰特色的建筑艺术，纯白精致的艺术结晶在阳光的照耀和蔚蓝海水的衬托下，更显得圣洁。

导游介绍，寺内的穹顶巧夺天工，且可让传音既远又响亮，效果非常好。内部的结构和装饰亦相当华丽，气派非凡，宽敞的礼堂可同时让数千信徒一起礼拜祷告。外地教徒来到吉达，绝不会错过这个地方。

导游更提到，清真寺面东，每逢黎明破晓、太阳跃出海面的一刻，光芒四射，将红海海水染成了鲜红色，此时白色清真寺更显得金光灿灿，映照在海面上。如此美景，怎不令人心旷神怡？

可惜我将结束吉达的行程，未能留下欣赏红海的日出，不过恰逢黄昏落日之际，为了弥补此行的不足，我赶紧转到西面的红海岸边，静候夕阳西下。只见暮色苍茫，海面上浑圆的落日仿佛镶上了一圈红色的框，随着时间渐晚，缓缓下坠，如血的晚霞染红了蓝绿色的海水，水面卷起白色的浪花，构筑成一幅令人陶醉的美丽图画。

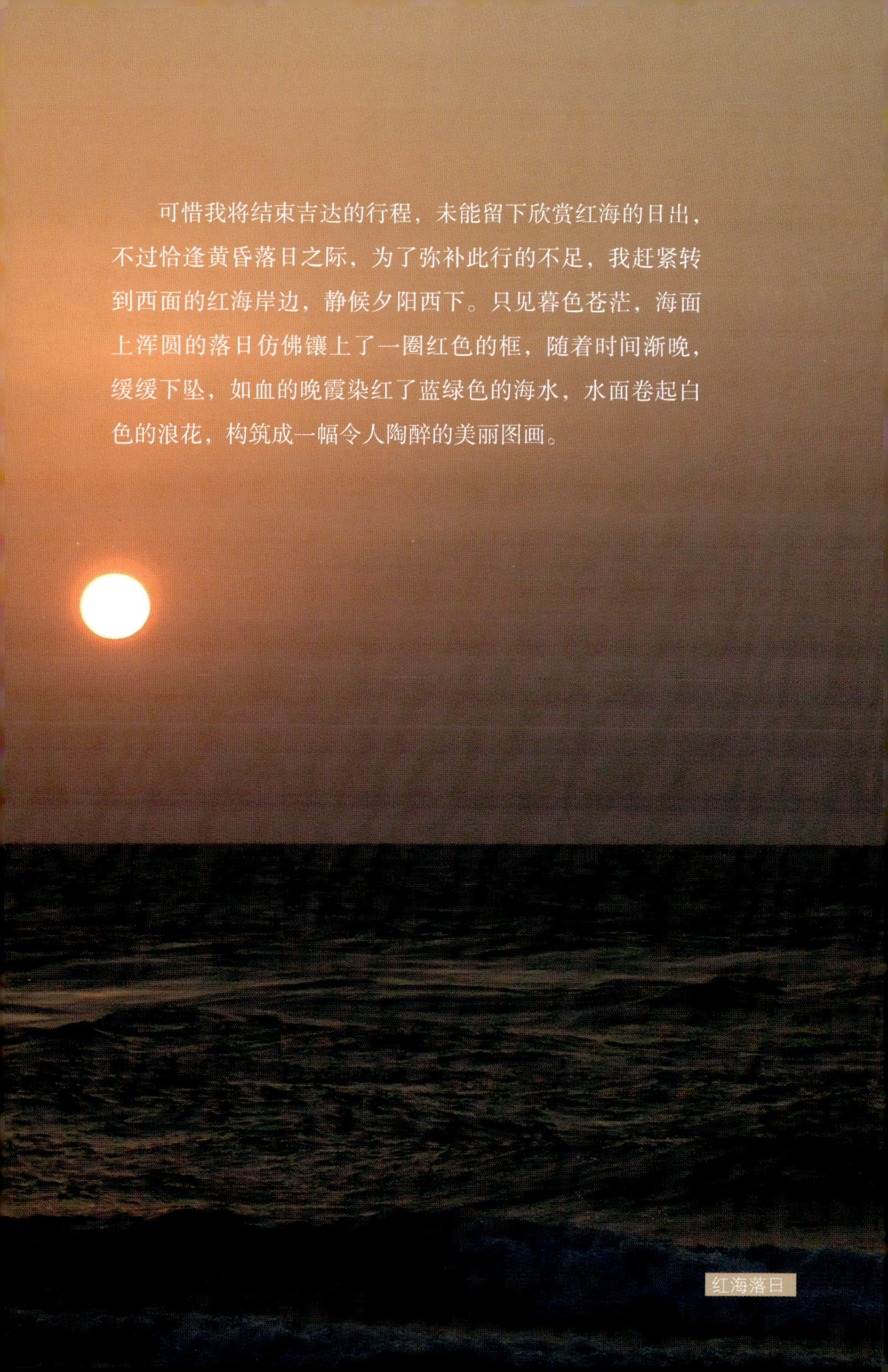

红海落日

神圣的克尔白

众所周知，麦加是全球数以亿计穆斯林心目中的圣城，我虽然心向往之，却限于沙特的国家法令，无法进城参观，实在是非常可惜。

这次我往返山区景点途中，曾两次经过圣城。城外的路标写着“非穆斯林禁止进入”（No Entry for Non Muslems），除阿拉伯文外，还加上英文、法文、德文、意大利文、日文、韩文6种文字，避免外国人士因为语言不通而进入。

通往麦加的大门 Mecca Gate

有次我在北京时，与熟悉沙特的老朋友聊天，据他介绍，在沙特若想进入圣城、圣迹等地方，办法只有一个，就是成为穆斯林，此外别无他法。穆斯林不仅可以无障碍地进入麦加，还可以到大清真寺朝觐天房克尔白。

难得到沙特一趟，我很想把握此机会多走多看，便向司机保证我愿意承担“闯城”风险，如果因此发生不愉快事件，我自行负责，也可以多付小费给他作为补偿。不过无论我如何游说，都未能改变他的心意。他表示警察会随时检查护照和证件，若没有注明穆斯林身份，一定遭到驱逐或处罚，这项规定不仅针对观光旅客，就连外国使馆官员以及采访的外国记者都无例外，他劝我不必尝试。最终我只得怀着失望的心情怅然而返。

○ 渗渗泉的由来

麦加的位置在沙特西部，群山环抱的山谷里，地势低洼，降雨量低，终年高温干燥。根据《古兰经》所述，麦加的历史可以远溯至公元前两千年，阿拉伯人的先知易卜拉欣（也就是亚伯拉罕，传说为阿拉伯人和犹太人的共同始祖）和其子伊斯玛仪在此建造了克尔白。先知穆罕默德时期之后，麦加更成为所有穆斯林最神圣的地方。至今每年在朝觐期间，就有超过 300 万人进入，加上平日的副朝和非朝觐的群众，那就更多了。单靠朝觐等活动，就能够带旺当地的酒店业、旅游业、餐饮业，更带动了经济发展。

沙特政府近年来不断进行旧城区的修缮，并建起新城区，许多现代化的建筑如雨后春笋，改变了古城的外貌。

其实早在先知穆罕默德诞生之前，麦加就已是骆驼商旅的市集和交易中心。奇怪的是麦加缺水少雨，为何能够成为阿拉伯半岛一处商业集中地呢？这就不得不提起被教徒奉为圣泉的渗渗泉了。

渗渗泉（Well of Zamzam）在阿拉伯语中为“水流声”的意思，关于它的传说有多个版本，而最为普遍流传的是先知易卜拉欣遵照真主的旨意，将妻子哈吉尔和幼子伊斯玛仪单独留在沙漠中。为了寻求协助和饮水，哈吉尔七次往返赛法和麦尔沃两座山丘之间，却始终未能寻到水源，真主有感于她的爱心与信念，当她带着绝望的心情回到幼儿身边时，伊斯玛仪在地上用力蹬脚，一股清泉突然从地下源源不绝涌出，这就是渗渗泉的由来。

穆斯林朝觐的其中一个仪式，就是在赛法和麦尔沃两座山丘之间来回走或跑七次，仿效哈吉尔来回七次寻找水源的故事。几年前，政府甚至在两座山丘间修建了一条长约 400 米且有空调的长廊大厅，方便朝觐的教徒来回行走。

到过渗渗泉的穆斯林朋友告诉我，他们会饮用圣泉之水，有些信徒还将圣水盛装起来，带回去当作馈赠亲友的礼物。

◯ 伊斯兰历史上第一座清真寺

在渗渗泉的东南面，就是伊斯兰历史上第一座清真寺——天房克尔白。

据《古兰经》记载，克尔白是真主“为世人创设的最古老的清真寺，确是在麦加的那所吉祥的天房，全世界的向导”（《古兰经》3：96），经此一说，其神圣的地位就不言而喻了。

克尔白立于禁寺中央，不但是穆斯林朝拜的正方向和朝觐中心，也是伊斯兰教文化的中心，被教徒尊为“天房”（The House of God）。克尔白是一座立方体的殿宇，长约12米，宽约11米，高约13米，以花岗岩为建材。目前所见到的克尔白，已非数千年前先知易卜拉欣所造，而是经过多次修葺过的。

克尔白的四角都有不同的名称，分别是北面的伊拉克角、西面的沙姆角（叙利亚角）、南面的也门角，以及东面的黑色角（黑石角）。黑色角是以一块“天降黑石”的圣物为名，是信徒必到之处，上头镶嵌一块微红泛褐色的黑石，直径约30厘米，其实是一块陨石，目前外表用银框包围固定，以妥善保护。相传此石是易卜拉欣留下的圣物，据伊斯兰的传说，黑石最初落至地球时是白色的，后来由于人类的罪恶而逐渐转变为黑色。每当信徒在环绕天房朝觐时，都会模仿当年穆罕默德抚摸和亲吻黑石。

为了保持天房的纯净神圣，它平时会以黑色的锦缎帷幔覆盖，上面有金丝线精绣的《古兰经》经文作为边饰，这种帷幔叫作基思瓦（Kiswah），听说光是使用的金线就耗费约 100 千克的黄金，真是价值连城。过去曾有一段时间，基思瓦是在埃及制造的，并以麦哈米勒（一种用骆驼牵拉的轿车）专程运到麦加进行更换。不过目前已经改由麦加当地的一座工场专门制作了。

基思瓦每年会进行更换，朝觐期间，沙特国王亲率国家官员和宗教领袖，邀请外交使节、国际友人一起出席更新基思瓦的仪式，典礼非常隆重。换下来的旧帷幔会分割成小块，当作圣物赠送给前来观礼的教徒。

克尔白圣殿内同样庄严神圣，以三根巨大的柱子支撑，内墙的下半部和地板都以大理石铺设，墙的上半部用绿色的布幔覆盖，上头也用金银线绣有《古兰经》的经文。

克尔白是穆斯林最神圣的地方，而亲临麦加和天房朝觐也是每个穆斯林一生中必须完成的事。我非教徒，麦加、天房对我而言，既神秘又遥不可及，一切的认识只能从书本报刊、网络和朋友口中获得。

或许有那么一天，沙特政府会向非穆斯林开放圣城、禁寺和克尔白，而让我有机会亲眼看见它们的真面目，亲身体会在穆斯林心目中至圣的地方是何等的庄严肃穆、令人敬服。

未来阿拉伯半岛的“曼哈顿”

我从滨海的吉达转至利雅得（Riyadh），开始我沙特阿拉伯行程的下一站。

说到利雅得，又是中东沙漠中的另一个奇迹。

○“沙漠绿洲”大城

利雅得的地理位置刚好在沙特的中部，位于海拔约 600 米的高原地区，距离红海约 900 千米，而离另一面的波斯湾约 300 千米。在阿拉伯语中，“利雅得”就是“花园”的意思，它是阿拉伯半岛中部沙漠里的一片绿洲，最初不过是个占地面积不到 1 平方千米的小城。由于此地水源丰富，水草茂盛，树木郁郁葱葱，成为骆驼商旅往返必经之路，是一处贸易集散地。这个阿拉伯游牧民族聚居和放牧的地方，世世代代赖以生存繁衍的乐土，经过不断演变，最终成为沙特的首都和沙特最大城市，现今人口逾 400 多万。

从 20 世纪 30 年代以来，石油的发现给利雅得带来迅速的发展。经过沙特政府过去几十年的励精图治，进行城市建设，昔日的沙漠小城一跃而成为阿拉伯半岛上的商业、经济、交通枢纽，是红海和波斯湾之间重要的贸易中转站。对

建设中的利雅得

穆斯林来讲，利雅德是他们每年朝觐圣城的陆上交通站。这里公路和铁路网四通八达，紧密地连接半岛周边国家，交通非常方便。此外，涵盖4座航站楼的大型机场——哈立德国王国际机场（King Khalid International Airport）也建于此，现代化设备应有尽有，更与世界接轨。今天的利雅得已今非昔比。

一幢幢设计独特、造型各异的摩天大楼

尽管利雅得是座绿洲城市，但其属于典型的热带沙漠气候，炎热干燥，夏季的气温最高可达到50℃以上，十分惊人。所幸我这次选中11月底的旅游季节，气候温和得多，每天温度都为20~25℃，才不至于曝晒在烈日之下，影响了旅游的乐趣。

由机场到市中心的距离约35千米，所经之处，寸草不生，漫漫黄沙，根本无法跟吉达的美丽景色相比较，多了一份苍凉感，让我不由得略感失望。

不过，当我们的车子驶进市区后，市容面貌便迥然不同。著名的奥拉亚大街（Olaya Street）是一条笔直的大道，高楼大厦排列在街道两侧，一幢幢摩天大楼设计独特、造型各异，让我犹如进入一座露天的建筑博览中心一样。

利雅得的地标建筑——王国中心

○ 离岸金融中心

更令我兴奋的是竟然见到一座外观与上海环球金融中心有几分相似的摩天大楼，它就是利雅得的地标建筑——王国中心（Kingdom Center）。王国中心如鹤立鸡群般屹立在市中心，大楼里面除了酒店外，还有综合用途的办公室和购物商场等设施。

王国中心观景天桥

我下榻的四季酒店刚好就位在王国中心，因利乘便，我先参观了这幢高 302 米、占地面积达 94000 平方米的摩天大楼。王国中心最特别的设计在于大楼中间有个圆拱形状的空洞，远观犹如一支挺拔的开瓶器，这般设计其实是有用意的，为的是抵御沙尘风暴和强风，以及酷热天气对大厦的影响。同时，王国中心顶楼有一条60多米长的观景天桥，旅客行走于上，可以俯瞰都市风光。有个未经证实的说法是：曾有人驾驶轻型飞机，向高难度挑战，成功从观景天桥下穿过王国中心。不过建筑中心的空洞确实宽阔到足以让飞机穿越。

我站在观景天桥上，居高临下欣赏市貌。这天天气明朗，视野非常清晰，全市景色尽收眼底。几条笔直的大街把市区分隔得井然有序，街道之间，是密密麻麻的民房，鳞次栉比，以浅褐、米白、浅土黄色等为主要色调的建筑物，在午后阳光的猛烈照射下，折射出耀眼的光芒，刺得我差点儿睁不开眼睛。

在王国中心上鸟瞰“沙漠绿洲”大城利雅得，一片密密麻麻的民房，鳞次栉比

阿法沙利亚中心大厦的金字塔尖设计

阿法沙利亚中心大厦夜景

利雅得市内还有一座 267 米、高度排名第二的大厦，叫作阿法沙利亚中心（Al Faisaliah Centre）。该中心集酒店、综合商场于一身，金字塔式的设计，塔尖装着一个金光灿灿的球体，所以又称之为地球仪（Globe），是利雅得又一个建筑代表作，与王国中心遥遥相对。

目前沙特政府正紧锣密鼓地加速发展利雅得成为离岸金融中心，如雨后春笋般越来越多的摩天大楼将会改变花园城市的天际线，变成“沙漠曼哈顿”（Manhattan）经济金融中心。

当夜幕降临时，全市亮起璀璨的灯光，两座巨人般耸立的摩天大楼更加耀眼夺目，将未来“沙漠曼哈顿”装扮得更加热闹繁华。

四方宫的异国风情

利雅得城内有一处热门旅游景点，代表沙特的一段发展史。

我离开热闹的商业中心，跟随着导游先来到四方宫（Murabba Palace），它又叫执政宫（The Governor's Palace），始建于 1936 年，经过 9 年时间，于 1945 年才建成。这里曾是开国国王阿卜杜勒·阿齐兹的王宫，因外形为四方形，而得此名。

经过政府的精心经营，四方宫周围开辟了 30 多万平方米的阿卜杜勒·阿齐兹国王历史中心（The King Abdulaziz Historical Centre）。中心外围是植满茂盛棕榈树的绿化带，

四方宫大门

四方宫广场

用来调节沙漠炎热的气候，又有防沙暴和强风的用途，使王宫不致受到风沙的损害。听当地朋友讲，每年5月份是利雅得的沙暴季，每当沙暴袭来，强风卷起沙漠上的尘土，铺天盖地而来，霎时遮天蔽日，伸手不见五指，仿佛世界末日来临，正是“天昏地黑蛟龙移，雷惊电激雄雌随”。

玛斯玛克堡垒模型

玛斯玛克堡垒巨型圆筒形瞭望塔

导游说，历史中心最美的时候应该在晚上。当夜幕笼罩，灯光点亮，整座四方宫灯火通明，加上天气又非白日的酷热，因此许多旅客都喜爱夜游此地，在迷人的灯色下漫步。历史中心除四方宫外，还包括国家博物馆、清真寺、图书馆、休闲大广场，以及阿卜杜勒·阿齐兹国王历史研究中心，等等，可说是集合了沙特的文化、历史、艺术和宗教，方便大家认识沙特与了解利雅得的发展历程。

2002 年 1 月，为纪念开国国王阿卜杜勒 · 阿齐兹在 1902 年率领 63 名勇士，浴血奋战，从敌人手中夺回玛斯玛克堡垒（Masmak Fort），重新掌控利雅得城，奠定了立国的基础，在四方宫举行隆重的庆祝典礼。63 名勇士的后人身披金边大白袍，在四方宫大厅内代表他们的祖先接受国王法赫德的授勋。每年沙特的建国纪念日，也是在四方宫举行庆典仪式。

玛斯玛克堡垒高大的城墙

玛斯玛克堡垒展示往昔的大炮

除了清真寺未能进入外，我跟着导游看遍历史中心的每一处，并参观仅几十米之遥的玛斯玛克堡垒。从 1865 年直到四方宫建造之前，堡垒原是沙特国王权力中心，国王在此地办公，处理国家大小事务。这座阿拉伯风格的堡垒，建起了厚达 18 英寸的黄土城墙，每个城角都有一座 18 米高的巨型圆筒形瞭望塔，城堡固若金汤，让人望而生畏。若拿它跟阿拉伯半岛和海湾其他地方的城堡比较，其规模和建筑艺术都不差。在阿拉伯文中，“玛斯玛克”的意思是“又高又厚的建筑物”。在夕照余晖下，城堡被映照得熠熠生辉，更显得气势恢宏。

老王宫遗址已被列入世界文化遗产名录，沙特政府将其改为博物馆，馆内陈列了许多沙特王室的历史文物、轻重武器等，还有1902年重新夺回堡垒的史迹数据。堡垒附近留下了大片颓垣败瓦，这些都属于原本防御墙和堡垒部分遗址，目前已经被政府圈起来准备重建，预计几年之后遗迹会重新开放，届时利雅得游览景点的内容会更为丰富，有关沙特历史的补充资料也会更加完善。

历史中心拐角处是一处热闹的商场和市集区，那里摆卖着家具、皮具和纪念品等，每到夜晚，广场还增添露天市集，是搜寻古董和二手货的淘宝区，我也走入其中，希望能淘到宝贝，却始终未能如愿。

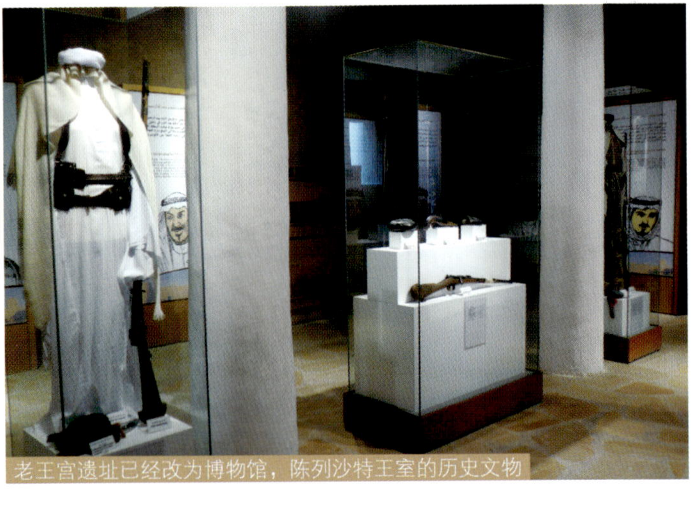
老王宫遗址已经改为博物馆，陈列沙特王室的历史文物

广场市集的热闹景象

导游还指着清真寺旁的广场一隅，告诉我此乃行刑区，是处罚犯人的刑场，有人则将其称为“杀人广场”。被判斩首的犯人，包括毒犯、杀人犯等，甚至连犯事的王室人员也不例外，都会被押到刑场，待时辰一到，刽子手手起刀落，犯人便人头落地。想到如此恐怖的场景，令我不禁寒毛直竖，鸡皮疙瘩浮满全身，不敢久留，瞟了几眼就快步离开了这令人不寒而栗的地方。

古都废墟

天未破晓，我就摸黑起早，乘车疾行在沙漠上的公路，向利雅得的东面前进，目的是为了迎接大漠上的旭日。

利雅得位于哈尼法谷地（Wadi Hanifah）的平原上，要想看到大漠日出，必须走一个多小时的车程，穿越达哈拉沙漠，经过山地，抵达另一边的平原带，才能够纵目远方，欣赏到壮丽的日出景观。

一路上，黄沙滚滚，山地连绵不绝，人迹罕至，只见被风化成奇形怪状的峭壁悬崖，以及平原上丛生的灌木和仙人掌，伴着一座座废弃的民房和放牧人的帐篷，呈现一片荒凉的景象。

大漠公路

大漠日出

皇天不负有心人，我终于赶在太阳升起的前一刻抵达目的地，望着朝阳自高山后面冉冉升起，突破云层，金光耀目。可惜这天云雾太大，日出没一会儿，太阳就被遮掩住了。而后我沿着原路折回市区，并接着前往下一个目的地——德拉伊耶古城（Dir'iyyah）。

古城德拉伊耶在利雅得的西北方，离城区约 16 千米，1774 年至 1818 年是古沙特国的首府，又是沙特王族的发祥地。根据记载，18 世纪中期，穆罕默德·本·阿卜杜勒·瓦哈卜为了光复伊斯兰教原教旨（基本教义），被迫离开家乡，来到只有 70 多户居民的德拉伊耶小镇，与镇上的穆罕默德·伊本·沙特酋长一起维护和弘扬宗教。当时一度云集了来自四方八面的伊斯兰教徒和学者，小镇逐渐发展，沙特家族乘势而起，从而奠定了王族的基础。后来的酋长逐渐夺取麦加和麦地那两城，成为一个强大的沙特王国，德拉伊耶城便成为沙特的首都，国王的宫殿也建在城内。

直至 1818 年，奥斯曼帝国为了镇压伊斯兰教派活动，遂派遣驻埃及的总督穆罕默德·阿里率领军队入侵，攻进了德拉伊耶城，大肆破坏，最后还将城市付之一炬。据历史学家记述，经此一役，从远方看德拉伊耶城，就好像那里从没有人烟一样。可想而知，经过战乱的蹂躏后，城市被掠夺破坏到何种程度了。

当我到达德拉伊耶城对面的旅游区时，隔着一条马路，即可见到两处截然不同的景貌。旅游区这一边，是新的仿古建筑，集合旅舍、餐厅和商店等功能，周围有水塘、棕

榈树等造景，一派祥和宁静。

路的对面，则是原本以黄坯土筑成的围墙和房屋，但早已倾颓破败。多年来，虽然几经政府的重修复原，仍未能摆脱那种荒凉的感觉，实在令人难以从这样的废墟中想象当年德拉伊耶城兴旺繁荣的景象。

我这次也算是来得真不巧，古城正关闭重修，因此无法踏进古都，遥想它昔日的风采。据官方公布，古城废墟内将进行重修的重点建筑物包括沙特王国王宫。管理员只让我走近观望，坚决不准我越过警戒线。古城被一条长 2.5 千米的城墙包围，城墙上原本的图案纹样早就被风沙洗刷得模糊不清。从已修复的部分可见，城堡上布满许多三角形的箭头孔洞和四方形的孔洞，导游说这是为了方便卫城的守军观察外面敌情和战术防御。

古城拥有独树一帜的建筑风格，称作“纳吉迪”

经过战乱变成一片废墟的德拉伊耶古城

（Najdi），经过持续不断的考古开发，更多的古物被挖掘出来，将使后人越加了解古代沙特人民的生活与文明历程。2010年，德拉伊耶古都废墟被收入世界遗产名录，政府计划经过修复与发展，使当地成为一个兼具文化和旅游功能的园区。目前，古都废墟的外围种植了一列列枣椰树和其他林木，休闲区还设置了供人烧烤野餐的设施。据说每年雨季来临时，废墟下面干涸的水道会注满流水，到时便可见到绿草如茵、风光明媚的景色。

折返市区的途中，我顺道访问骆驼交易中心，不过当时已过了交易时间，场内只留下寥寥可数的骆驼，吆喝交易的热闹气氛不再，无缘亲身体会游牧民族的交易过程。

待我返回酒店，再次登上王国中心顶楼的观景桥时，透过玻璃欣赏到的利雅得城，正是华灯初上、灯火璀璨。

城堡上布满许多三角形的箭头孔洞和四方形的孔洞，是为观察敌情与防御所设计

古城内独特的建筑风格

古城拥有独树一帜的建筑风格，使后人越加了解古沙特人民的生活与文明历程

奔向“世界边缘”

利雅得西北部是一片荒漠高原，它属于图伟克山脉（Tuwaiq Mountains）范围，近年开发了一处景点“世界边缘”（Edge of the World），很受欢迎，值得一游。光听“世界边缘”这名字，就已经吸引住我，于是我便不惜冒险挺进大沙漠，奔向“世界边缘”探个究竟。

“世界边缘”离市区约 90 千米，我们乘上悍马四驱车，因为接下来的路程，可不是一般汽车能够驾驶通过的！带上必需的 GPS 卫星导航系统，沿着市区的 535 公路驶离利雅得之后，转而开始进入荒漠。我仔细一看，周围并没有任何标志，只有碎石铺出来的沙漠小径，小径曲折崎岖，并不规则，遍布浮沙，根本不是一条正规的道路，是日积

贝都因牧民帐篷

荒漠旁的骆驼

大片荒漠，渺无人烟，只有碎石铺出来的沙漠小径

月累由旅客的车痕拼叠出来的。荒漠无边无际，渺无人烟，再也见不到贝都因（Bedouin）牧民的帐篷，甚至看不到骆驼和天上飞鹰的踪影，只有灌木和金合欢树零星散落，顽强地展露出绿色的生机。

我们继续前行，路径高低起伏，崎岖不平，不过整体来说，是缓缓朝上的斜坡。司机减慢车速，意图避开路上的浮沙碎石，以免陷进沙堆或深坑里而误了行程。有时遇上分岔山路，司机还被迫停下来辨别方向。

这天不是假期，闯荒漠探险，除我俩外，再看不见其他人。我感到有点前路茫茫，仿若身陷险境，孤立无援，心里不由得紧张起来，便按捺不住，反复询问司机何时抵达目的地，得到的答案总是同样的一句话：“‘世界边缘’就在不远的前面了。”我只好尽量稳定下情绪。事实上，除了安坐在车内，也别无他法了。透过车窗，视野内除了被层层黄土砂岩环绕，就只有车后面扬起的滚滚沙尘。

走过一段很长的山路，皆是浮沙乱石，我们的悍马车奋力沿斜坡而上，大块大块砾石拦在山路上，绵延不绝的山坡高原一坡接一坡，正是“十里崎岖半里平，一峰才送一峰迎”。

几经周折，我们终于来到一处平顶高坡，这是唯一的停车点。我走下车纵目四顾，发觉自己已置身在一处较高的山坡上，然而要登上“世界边缘”仍需努力。此时正值中午时分，烈日当空，接下来的路程车子已不能再前行，只能顺着一段浮沙碎石的羊肠山径徒步往上走。这小径一点都不好走，有时迎面刮来强风，让我险些失去平衡，不得不猫下腰来小心翼翼地继续向前行走。

“世界边缘”是一面高原山崖，如果不伸出头往下看，不会有什么特别感觉，倘若往崖前多挪一步，就会发觉前面再无去路，眼下是万丈悬崖，深不可测，令人心惊胆战。极目远眺，悬崖底下是一片延伸的平坦盆地和逾万年前干涸的河道遗址，无边无际。

悬崖这一侧，绵延数百里的平顶山拥有笔直的悬崖峭

周遭的景致犹如月球表面，绵延不绝的山坡高原一坡接一坡

壁，被大自然鬼斧神工雕琢过的地貌，气势雄伟，巨人般屹立在荒漠上。山崖的颜色略带浅红，岩层在阳光照耀下层次相当分明，它们属于沉积岩的构造。这片高原荒漠的成因，是经过地壳不断运动，使得海床上升，变成陆地高原。呈平顶形状以及各种奇形怪状的岩块，则是受到干燥气候和风化剥蚀作用而成。这里是一个天然的地理、地质教学课堂，随处都能找到的海底生物化石，雄辩地证明了海底上升的论点。

两座巨型岩石间有一个如刀削出来的“缺口”，形状犹如窗户，所以这儿又叫作“石窗”（Rock-framed Window）。我伫立在“窗户”中间，面对眼前如此壮观、浑然天成的荒漠高原，不禁屏住呼吸，除了更感到自己的渺小外，我实在难以找到贴切的词语来形容这样的绝景。

伫立在“窗户”中间留影

绵延数百里的平顶山拥有笔直的悬崖峭壁，巨人般屹立在荒漠上

直到火辣辣的阳光晒得人快要支持不住，我才依依不舍地告别“世界边缘”，乘车踏上归途。

回程路上，恰逢夕阳西下，天边红彤彤的云霞把大漠照得通红。我们守候在公路上，静静地看着太阳落山，直到太阳消失在我们眼前，我们才继续上路，返回市区。

传统与变革

2017 年，沙特国王萨勒曼第二度废储，这次立了自己的儿子为王储。自新王储上任后，展开一连串改革开放的举措。为了减少对石油产业的依赖，开放的产业也包含金融、旅游等方面，该国的旅游景点在逐步增加中。社会政策方面，同样有诸多改变，其中包含打破长达 35 年的电影院禁令，核准设立电影院，并邀请嘉宾出席观赏电影，这是一个开放的里程碑。

2018 年 4 月 19 日，我正从巴林前往利雅得途中，接到

35 年的电影院禁令被解除，核准设立电影院，是一个开放的里程碑

当天看电影的女性并未佩戴黑纱遮住面容，可以显见社会风气的改变

了中国驻沙特大使馆一位朋友的来电，电话中他询问我是否有意愿参加第二场的电影放映，就在当晚。如此特殊难得的体验，我自然不愿意错过，于是改道前往由美国电影连锁公司 AMC 营运的沙特首间电影院。尽管电影院的周边配套设施还不健全，连路标都标示不清，让我多绕了一段路，但幸好还是赶上了电影放映。

当天播放的电影是漫威系列的《黑豹》(Black Panther)，观赏的人其实不多，但电影本身并非重点，而是放映电影本身的意义。令我惊奇的是，电影院并未限制女性参加，且当天见到的女性都没有佩戴面纱遮住容貌，面对旁人拍照也是落落大方，可以从她们的神情中看出其对这些改变的兴奋与期待。

沙特僵化的体制正在一步一步地打破，神秘面纱也被缓缓揭开。此次旅程我深刻地感觉到沙特的变化。例如，以往通过海关时，官员总是神情严肃，但这回态度却变得相当友好和善；过去通关时男女必须分开，此次已能够一同排队了，虽然女性依旧得穿着端庄，且罩上一件黑袍。社会的开放也包括准许女性驾车，这是女权的一大进步，可惜的是我尚未在路上见到女性驾驶人。

同时，我也发现比起初次来沙特时，当地宗教警察人数已经减少，由于社会风气越加开放，宗教警察的存续也成为被探讨的问题。相信若改革开放持续进行，在可预期的将来，或许宗教警察终将消失。

在本书完稿之际，发生了一件负面新闻，一位长期批评沙特政府与王室的记者在土耳其被害，外界猜测此案件与沙特王储脱不了关系。沙特王储在大刀阔斧进行变革的同时，清除异己的铁腕作风，也引起相当大的争议。

世人尽皆观望沙特王储是否能化解此次负面新闻的影响，抵御保守势力的反对，持续改革开放的脚步。以我个人的观点，当然希望变革能持续下去，相较原本的封闭保守，如今的变化是积极正面的，期待沙特能坚定地向前看，持续走在开放的道路上，尽管这是一场与传统守旧的抗争，注定了路程的格外艰辛。

巴　林

巴林位于波斯湾西南部，由近 40 个大小不同的岛屿组成，首都麦纳麦位于最大岛屿巴林岛上。

位于巴林西部的沙特阿拉伯，可经由法赫德国王大桥连接相通。

同样是伊斯兰国家，休闲旅游与金融业发达的巴林，相对来说比较开放宽容，因此，它被称为“沙特阿拉伯的后花园”。

海湾的明珠

中东国家我去过不少，其中某些地区更是多次走访。在中东的地图上，有一个弹丸之地，若非特别关注，很容易忽略，甚至可以说，对大多数人而言，那是个陌生的国度。这就是巴林。

巴林王国（The Kingdom of Bahrain），简称巴林，是一个由近 40 个大小不同岛屿组成的岛国，其最大的岛屿叫作巴林岛，约占国土面积的 80%，首都麦纳麦（Manama）就位于这座岛屿上。巴林的位置在波斯湾西南部，界于卡塔尔和沙特阿拉伯之间。这些年我虽然往返中东的频率越来越高，却从未发现巴林这样一个近邻存在。对于沙特人来说，以巴林湾为区隔，相距不过 24 千米的巴林可不只是邻居这么简单，那是他们可以“寻欢作乐”的后花园。

尽管同属伊斯兰国家，巴林却没有像其他中东的伊斯兰国家那么保守，在波斯湾地区，社会风气以开放和宽容著称。我从机场去往酒店的途中，看到很多并未以黑长袍罩住身体与脸部而是将面容展示于外的女士；女性也能够单独外出，不需要男性的陪伴，这在其他的伊斯兰国家简直不可思议。此外，巴林禁酒并不严格，而且也可食用猪肉，较之邻国自由得多。难怪每逢周末，很多来自附近邻国的人们都会踏上前往巴林的旅程，这实在是一个休闲放松的宝地。

陪同我游览巴林的是当地旅行社的一位我国台湾女士，她移民该国已超过 30 年时间。我们算是相逢恨晚，结束当日行程后，依然以网友的方式保持联系，这是后话。通过她的介绍，我这才了解到巴林在阿拉伯语中的意思为“两个海”。因为卡塔尔半岛与阿拉伯本土被巴林岛分成两个海域，于是“两个海”成了这座岛的名称，真是简单直白。

根据巴林政府发布的资料，截至 2015 年，巴林国土面积仅有约 770 平方千米，大概有 1/21 个北京那么大，比我居住的香港还少 200 多平方千米，真是一个名副其实的小岛国。若然驾车的话，两个小时环岛游已绰绰有余。然而其处于东西方文明的荟萃之处，重要性并未因此降低，我在游览过后，才获知巴林拥有比我想象中更加悠久的历史，远在 2500 年以前，首都麦纳麦就已是一座商业贸易的城市了。

巴林[illegible]佳的深水港口，处于重要的战略与商贸位置，具[illegible]的地缘优势，并有不少古今名胜，其本身经济[illegible]含魅力。此外，巴林四面靠海、风光旖旎，与[illegible]半岛的其他国家相比，气温略低，气候较为舒适，[illegible]吸引旅游人士的一个优势。这趟行程，我终于有机[illegible]了解巴林究竟拥有何种风采，才能获得“海湾的明珠”[illegible]Pearl of the Bay)称号。

○“五个一”的巴林旅程

在巴林流传着这样一句话：“没看过一棵树、一口井、一座桥，就等于没来过巴林。”这“三个一”可以说是游览巴林的重点，不过导游补充说，其实应该是“五个一”，还得要加上“一座清真寺和一座城堡”。

我们从麦纳麦一路向东南行进，越往前走，眼前见到的绿色越少，反倒是黄色的沙土渐渐占据眼底。就在我几乎要产生视觉疲劳时，前面高处忽然出现一团绿，这就是被巴林人看作奇迹的生命之树（Tree of Life），该树外观看起来很像金合欢树，实际上是牧豆树（Prosopis cineraria）。这棵树本身并不稀奇，其奇特的地方在于树的周围数十多米内不见任何水源，也看不到其他花草植物，却只有这棵高约 10 米的牧豆树枝叶繁茂，郁郁葱葱，在这片寸草不生的荒漠中傲然屹立 400 多年。

导游告诉我，相对于找究竟是什么水源维持这棵树的生命，当地人更相信一个美丽的传说：这儿便是《圣经》里提过，亚当和夏娃居住的伊甸园所在地。又或者有人相信是水神在佑护生命之树的成长。还有更为夸张的说法，这棵树在地底下扎的根有着深度与广度，能够吸收往下数百米深、延伸数千米外的地下水。无论是何种说法，都显示巴林的“一棵树”不仅是个神话，也是巴林人的精神所在。

我站在树下，仰头望着眼前这棵生命之树，脑海中突然浮现一首歌，歌词出自泰国著名高僧阿姜查（AjahnChah Subhaddo）说过的话：

沙漠中屹立 400 多年的生命之树

森林里的一棵树，
有叶子、有花、有果实。
鸟儿来觅食，蜂儿来筑巢，
小松鼠在叶子下睡觉。
清晨、黄昏、刮风、下雨，
森林里的一棵树，
不需要知道自己是一棵树。

近观生命之树

被荒芜贫瘠所环绕，面前这棵弯弯曲曲、舒展枝丫的大树，想必也成为附近许多动物遮荫乘凉的地方，它的确不需要知道自己是一棵树，我们却自然而然在这儿感受到生命的力量。

“一棵树”是巴林的必看景点，每年都有很多世界各地的旅客来到这儿，欲探个究竟。我们在此停留期间，就正巧遇上一家四口的外地旅客，两个小孩调皮好动，居然打算攀爬上生命之树，马上被导游制止，看来此树能维持这样长的时间，与当地居民的保护意识也是分不开的。该区域目前正计划开发成一座园区，除进一步保护树木外，又能增加旅游设施，发展周边，可谓一举数得。

作为不折不扣的中东国家，巴林跟石油也是分不开的。“一棵树”往北几千米处，就是“一口井”（First Oil Well）的所在地。提到中东的石油国家，一般人立即联想到的无非是沙特阿拉伯和阿联酋等国，殊不知巴林才是石油国家的先驱。早期巴林人以采

饮水思源，第一口油井带给巴林致富的希望，油井虽已干涸，遗迹仍在

第一口油井纪念碑

集珍珠、渔业和贸易为生。1931年，巴林开始挖掘第一口油井，次年就开采出石油，这口油井给巴林人带来了致富的希望，也改变了巴林的命运。尽管如今这中东地区的第一口油井已经枯竭，但它曾承载了巴林人的希望，已成为巴林历史不可磨灭的一部分，巴林人甚至按照油井原本的模样加以重建，竖立纪念碑。虽然在我们看来这只是一个遗址，却丝毫不影响它在巴林人民心中的重要地位。其附近还修建了巴林石油博物馆，虽规模不大，但是却讲述了

连接沙特阿拉伯与巴林的跨海大桥——法赫德国王大桥

许多关于巴林石油的故事。

讲到改变巴林的命运，除了“一口井”，还离不开“一座桥”，这正是我的下一站。这座桥可非寻常的小桥流水，而是如一道长虹般，连接巴林与沙特的跨海大桥，被巴林人认为是从过去通向未来的桥——法赫德国王大桥（King Fahad Causeway）。大桥从 1981 年正式修建，直到 1986 年竣工，全长 25 千米，曾是世界上最长的海面高架跨海大桥。由于交通上的便利性，使得这座桥顺理成章地成为沙特人民前往“乐土”巴林的通途。

○ 卡拉特海滨旁的古城堡

巴林岛北部卡拉特海滨有一座古城堡，属于具有代表性的地标景点。出发前我其实对这类古堡遗址并没有抱太大的期望，心想小国的城堡应该不会有什么惊喜，但还是顺着导游的安排来此一游。不料在游览的过程中，我从“走马观花”变成了“下马看花”。

巴林城堡，又叫卡拉特城堡（Qal'at al-Bahrain），是葡萄牙在1512—1622年间殖民统治巴林时期所修建的城堡之一，因此别称为葡萄牙堡。城堡为台形的人造土墩，最高12米。当我站在城堡遗址上，向北望去，仿佛可以感受到“面朝大海，春暖花开”的心境，又或是葡萄牙著名诗人卡蒙斯（Luis da Camoes）为罗卡角（Cabo Da Roca）所写的那句诗：“陆止于此，海始于斯。”

巴林城堡雄踞在海滨旁

站在城堡上看向正在挖掘中的遗址，海湾与近邻的现代城市，交会出古今相融的画面

城堡一隅

事实上，这个城堡遗址共有7层，涵盖了7种不同的文明，来自不同时代占领这个地区的国家，包括巴比伦、希腊、波斯、葡萄牙等，其中最早的是一个失落的古文明——迪尔蒙（Dilmun Civilization）。经过考古学家的挖掘、考证，此区正是公元前2300年迪尔蒙文明时期的首都所在地。

有关迪尔蒙文明的记载，最早出现于两河流域（指底格里斯河和幼发拉底河之间的美索不达米亚平原，是世界上文化发展最早的地区之一）苏美尔人以楔形文字书写的文献，在其神话中，是“太阳升起之地”“获得永生之地”。后来巴比伦史诗也曾提到迪尔蒙文明。目前专家们一般认为，古文明的范围大约在今天的巴林、科威特、卡塔尔和沙特阿拉伯东部沿海一带。在强盛时期，它是重要的贸易文明，甚至控制了波斯湾的贸易路线。

曾经在历史上占有一席之地的迪尔蒙文明如今却仅存于少数考古数据记载中，幸而还有这个遗址保存从前的城墙、石屋、街道规划，甚至还有作为商业、军事及宗教用途的设施，这片遗址也同时证明了公元前2300年至16世纪皆有人类居住于此。尽管历经千百年风吹雨打的洗礼，这些设施许多都成了断垣残壁，却好似因着过去曾经的灿烂傲然挺起仅存的骨架，也仿佛在为这个遭到遗忘的古老

与导游合影留念

穿着传统服饰的巴林小朋友

巴林城堡的夕阳美景

文明低泣哀叹。所幸今日这片遗址已被列入世界文化遗产名录，并持续进行开挖修葺，相信未来将会有更多的古文物重新面世，再现古城风华。

我站在残败的墙垣上，望着日落潮退，想起时代的兴衰演变，一时间感慨万千。

说起来，岛上还有另一个地方，也是巴林古代存在着灿烂文明的佐证。这儿拥有世界上最大的史前时期冢林，使得这个小岛也被称为“万冢之岛”，或者叫“死岛”。我并未走近位于麦纳麦以西的墓葬堆，只是坐在车上远观。成千上万个土丘，高低起伏、密密麻麻地堆在一起，导游说这些大大小小的土包范围约 30 平方千米。1879 年，英国人进行初次发掘，才知晓土丘竟是坟墓。20 世纪 50 年代，有一支丹麦的考古队伍展开更进一步的挖掘工作，发现惊人的真相，这些墓居然有好几层，原来经过漫长的岁月，前人之墓被风沙掩埋后，后人又葬在其上，如此层叠复加，最后变成了一个个沙丘，甚至还有高达 10 米的沙丘。同时

绵延起伏的墓冢

考古学者也在数以万计的坟茔下方以及附近地区发现古代聚落和城镇遗址，其中许多陪葬品或文物如今都放在巴林国家博物馆（Bahrain National Museum）中展示。

至此，巴林“五个一”我已游历其中四个，有感动、有怀古、有震撼、有慨叹，一时之间思绪万千，难以平复。

○ 闻名全球的 F1 巴林国际赛道

陪同的导游适时地提起巴林国际赛道。众所周知，世界各地的 F1 赛道各有千秋，而每年 F1 赛事都设有巴林站。这座国际级的赛车场最大的特点在于赛道紧邻沙漠，精彩的赛事以滚滚黄沙为背景，这在 F1 赛道史上是前所未见的。它由设计过许多 F1 赛道的德国专家赫尔曼·蒂尔克（Hermann Tilke）所设计，共有六组赛道配置，原本预计工期得花费两年，却在大约一年半时间就顺利完成，耗资达 1.5 亿美元。赛道自 2004 年启用，由于高温和沙尘暴等问题，自 2014 年开始，F1 赛事改为夜间举行。

我踏上看台，带有弧度的遮阳篷挡住了午后炙热的阳光，远处有个八层高的贵宾观看塔鹤立鸡群，相当醒目。这儿在两个星期前才刚结束赛事，我望着没有遮蔽的赛道，想象着竞赛期间，场上的健儿们在如此酷热的天气下，挥洒汗水、速度和激情，让人不禁神往。

就我的观感，这个景点比起“五个一”来，毫不逊色。所有行程结束后，我特地向导游提议，应该将 F1 标准赛道

F1 赛车

八层楼高的贵宾观看塔

巴林国际赛道设计新颖的看台

看台及带有弧度的遮阳篷

加入为“六个一”，这才是旅客在巴林深度游的标准。

迎着夕阳斜照，我来到市中心的旧城区，过去这儿是最繁华的商场，外观与其他中东城市大同小异，都是老式民居，曲径小巷。入内一看，到处是售卖香料、黄金饰物、中东特产和纪念品的店铺。值得一提的是主要入口巴林城门（Bab Al Bahrain）过去曾是英国殖民统治者办公的地方，而今已飞入寻常百姓家了。

行程中，导游不时会补充一些巴林现今的经济状况。2010—2011 年，这个小国也受到北非突尼西亚吹过来的茉莉花革命之风影响，国内出现反政府浪潮。由于政府的控管能力尚且不足，便向邻国沙特求助，请其派兵维持秩序，这一波的冲击自然也影响到巴林的经济发展。石油方面，由于储量本就不多，现在每天仅能开采海上石油两万多吨，

旧城区金光灿烂的纪念品店铺

麦纳麦法塔赫大清真寺

陆地石油 7000 吨，政府有感于经过几十年的开采，石油产量迟早会消耗殆尽，经济上绝不能完全仰赖石油，近年来积极寻求多元化发展，拓展其他产业，例如，金融、旅游等，以增加国内财政收入。

在结束行程前，导游告诉我一个天大的好消息。就在几天前，巴林政府突然在西部海域发现了一个更大的油田，估计储油量达到百亿吨。如果属实，巴林的经济发展很有可能会超越卡塔尔甚至沙特，发展前景不容忽视。加上巴林是我国“一带一路”倡议的沿线国家之一，很多中资企业已进入该国市场，早着先机了。

即使时间已晚，也别错过了巴林的夜色。说到灯光璀璨的地方，就得推荐巴林“五个一”中的“一座清真寺”——麦纳麦法塔赫大清真寺（Al Fateh Mosque）。该寺

巴林国家博物馆

占地面积6500平方米，能够容纳7000多名参拜者，是巴林规模最大、最为神圣的清真寺，教徒们从早到晚络绎不绝入内祈祷朝拜，这是巴林人习以为常的活动。

这座清真寺建造于1987年，并以创建巴林的Ahmed Al Fateh命名，其最大特色在于祈祷大厅拥有全球最大的玻璃纤维圆顶，重达60吨。站在大厅中央仰望头上的巨大圆顶，精致的大吊灯和周边环绕的球形小吊灯与圆顶的图案巧妙地构成一幅美丽的画面。除了中央的吊灯外，殿堂内的其他地方也挂有超过千盏的圆形小吊灯，使得光线能够照耀到清真寺的每个角落，照耀到每一个虔诚祷告的穆斯林信徒身上。在深沉的黑夜里，整座清真寺更显得神圣和瑰丽。

清真寺附近另有两座宏伟的建筑，它就是前面提到过的巴林国家博物馆。博物馆占地27800平方米，除了从古代坟冢中挖掘出来的文物外，还包括许多自石器时代以来的珍贵藏品，如绘画、雕塑、《古兰经》等，丰富多元，不仅显示巴林拥有的悠久历史，也展现出这个小国对于文物收藏和保护的重视。比较起来，许多大国的表现反而相形见绌了。除此之外，市区内还有一座古兰经之屋，这是一家收罗许多珍贵稀有《古兰经》和抄本的博物馆，藏品是民间人士从世界各地搜集而来的，内容相当精彩，让我大开眼界。

行程结束后，我返回首都麦纳麦新区的酒店，新区内豪华酒店、高矗商厦，以及标新立异的现代建筑林立，相较迪拜，毫不逊色。我从传统的巴林一路走到现代的巴林，如同穿越时光隧道。

古兰经之屋

麦纳麦新区的现代建筑

新锐造型的商业大楼

约　旦

约旦，位于西亚的中东国家，北邻叙利亚、东毗伊拉克，南接沙特阿拉伯，西与以色列、巴勒斯坦为邻。

全国几乎都是海拔 650～1000 千米的高原，西部有约旦河谷，东部和东南部是沙漠，被亚巴琳山脉贯穿，在亚喀巴湾，有一小段海岸线；全国可耕地面积仅占全国面积的 4%。

地球上最低洼的地方——死海，位于约旦的西部，以其为以色列的部分边境。

安曼之约

尚未前往约旦之前，我在香港特别行政区接收到关于这个国家的信息，同大部分中东地区一样，都是战火纷飞，负面消息居多。囿于先入为主的偏见，我迟迟未敢把约旦列入旅程中贸然独自前往。“纸上得来终觉浅，绝知此事要躬行”，出于拓展业务的目的，我曾经两度往来约旦考察，却都是来去匆匆。但也多亏了那匆匆一瞥，促成我再度拜访，期望更深入地了解这个国家。

约旦，全称约旦哈希姆王国（Hashemite Kingdom of Jordan），全国面积约 8.9 万平方千米，地势从东向西逐步升高，西部是高原山地，东部和东南部是大沙漠，80% 以上的国土为沙漠覆盖。境内河流很少，最大的约旦河经西部流入死海，水资源非常匮乏，是世界上严重缺水的国家之一。不单如此，约旦国内其他的自然资源也相当贫乏，缺少石油等矿产资源，只有磷酸盐的储量在世界上名列前茅，而天然气、油页岩和原油则根本无法与周边国家等量齐观。

○ 历史悠久的兵家征伐之地

约旦的地理位置在亚洲西部，同巴勒斯坦、以色列、叙利亚、伊拉克和沙特阿拉伯等国接壤为邻。与大部分阿拉伯半岛国家相似，约旦人民主体为阿拉伯人，奉伊斯兰教为国教，其中90%以上是穆斯林，以逊尼派为主，较为自由开放。众所周知，中东地区多年来并不太平，约旦虽是一个阿拉伯小国，却可以在各种纷争战乱中维持政治、经济相对稳定的状态，并周旋在美国、英国、俄罗斯和阿拉伯各国的政治较量之间，甚至还能跟以色列保持友好关系，可以说是“左右逢源”，令人忍不住好奇它是否深谙中国人所谓的“中庸之道”。

我从机场乘车沿着公路前往市区的途中，不时与一列列满载士兵的军车，甚至是架起重型机枪的巡逻吉普车擦身而过，这种场面犹如身临战场一样，让我感到心惊肉跳。导游安抚我无须惊慌紧张、大惊小怪，原来约旦周边国家

安曼机场大厅

前往市区途中遇见架着重型机枪的巡逻吉普车

仍不时出现流血冲突，政府也要应付其他国家非法越境的难民，所以军备巡逻是平常之事。

导游强调，约旦是一个有着悠久历史的神奇国家，公元前13世纪，这个地区已经建立起城邦。其后，曾经被亚述、巴比伦、波斯、马其顿、罗马统治，630年前后纳入阿拉伯帝国的版图，到1517年又被奥斯曼帝国占领。第一次世界大战结束，奥斯曼帝国瓦解后，约旦又落入英国殖民统治者手里，沦为英国委任统治地。1922年英国更把约旦领土一分为二，以约旦河为界，西岸称为巴勒斯坦，东岸称为外约旦酋长国。直到1946年3月22日，外约旦才与英国签署伦敦条约，宣布独立，成为一个君主立宪制的国家。

○ 七丘城——安曼

集合古老与现代的约旦，拥有丰富的旅游资源，导游轻而易举地就能列出一连串著名的历史古迹、宗教圣地和休闲度假胜地等。在约旦，我第一个访游的地方是安曼（Amman），这是约旦的首都和全国最大的城市，集政治、经济、文化和交通中心于一身。整体而言，安曼政局较为稳定，治安尚算良好，使得许多跨国企业将阿拉伯地区总部设立于此，这种“总部经济”也对我和我的企业产生一定的影响。经过多年的市场调研，我们集团在 2018 年 11 月也乘“一带一路”倡议之风，在安曼开设了分公司。然而，尽管

山城安曼，白色民房顺着山势而建，密密麻麻，鳞次栉比，因而又有“白色之城”称谓

安曼是约旦的商业和金融中心，但其市内的高楼大厦并不多，只有寥寥几座，并非繁华的大都市，带有一点纯朴的味道。

早先安曼坐落在 7 座山头上，所以有“七丘城”（City of Seven Hills）的称号，是一座不折不扣的山城。随着城市逐渐壮大、向外扩展，如今已经涵盖至少 19 座山丘。许多高高低低的民房以白色石灰岩筑成，点缀红色的饰纹，顺着山势而建，密密麻麻，鳞次栉比，从高处俯视，眼前是一片乳白色，因而又有“白色之城”的称谓。

走在安曼的街道上，除了汽车外，经常还遇到骆驼的行旅，与人车争路。我留意到，城中的妇女穿着都较保守，大多罩上黑长袍，导游说，近年来越来越多年轻人开始改穿牛仔裤和西式服

街道上的安曼妇女

装。不过根据伊斯兰教的教义，当地女性仍忌讳穿着太过暴露，服装基本上还是得盖住手臂、腿部和头发，很少见到穿短裤的男女。幸好对于他国女性并没有这般的限制，但也不能过分暴露。大街上最抢眼的是身穿黑袍、头戴红方格布头巾的贝都因人，他们甚至会在腰间佩上剑和弯刀，这种传统装束为的是能够安全穿梭在沙漠间，用于防沙和防身。

在酒店安顿后，我马上随导游来到安曼旧城区，参观城堡山脚下的古罗马剧场遗址。该剧场建于公元 2 世纪，背倚着山丘，是一座圆形建筑，据说可以容纳 6000 人，建筑风格和外观与我在意大利西西里岛见过的罗马剧场非常相似。虽然经历 1800 年的时间考验，剧场外围拱廊并未

古罗马剧场遗址

残留的拱廊石柱

民间文物馆展示传统安曼人生活情境

完全坍塌，有些仅存基座，有些部分依然完好矗立，整体的保存状况还算不错。我不得不佩服当年罗马人的剧场音响设计，只要表演者站在剧场中间，轻轻说话，声音便能清晰地送达每一个角落。我不禁走到场中一试，声音果然在上空回响，收音效果很好。这座古迹目前也开放使用，可以举办大型文化表演。剧场两旁另设有民间传统博物馆和民间文物馆，虽然里面收藏品不算丰富，但多少介绍了一些安曼的传统文化。

城堡山上的安曼城堡（Amman Citadel）坐落于7座山

站在城堡山上眺望市区，古罗马剧场完整呈现于眼底

丘之中。我乘车来到园区，展开一场城堡遗址之行。城堡海拔 850 米，恰好是全城的最高点，纵目远眺，全城包括山下的景物古罗马剧场一并收入眼底。从高处望去，大剧场更显得雄伟，四面被错落有序的民居和山丘包围，犹如一个半圆形的石盘嵌在其中。在午后阳光的照耀下，安曼市区的白色房屋更显得熠熠生辉。

园区的入口有几块大型的数据板，用于介绍安曼古城的历史以及名称的演变进程。原来它先后有过三个名字，公元前 3000 多年曾经作为阿蒙（Ammon）王国的首都，叫纳巴特·阿蒙（Rabbath-Ammon），并打下了这个城市的基础；公元前 4 世纪，马其顿王国征服了这儿，亚历山大大帝的手下费拉德尔修斯（Philadelphus）将军扩建安曼，改称为费拉德尔菲亚（Philadelphia）；公元前 63 年，罗马将

城堡山是历代王国的城市中心，遗迹保留多个时代的建筑特色

拜占庭教堂只剩下几根基柱

军庞培（Pompeius）占领本地后，开始使用安曼（Amman）这个名称，并在城中进行大规模的扩建，包括剧场、公共浴室、民居等，安曼这名称也一直沿用到现在。

城堡山遗迹最先是由阿蒙王国所建，其后的统治者则在原来的基础上扩建修葺，由于它一直是历代王国的城市中心，因此保留着多个时代的建筑特色，可以说是多元文化的结合。我按照路标的指示和介绍，找到了阿拉伯帝国倭马亚王朝的埃米尔宫殿群、罗马时代的赫拉克勒斯神庙和只剩下几根基柱的拜占庭教堂等，从断壁残垣间，设法想象这些建筑在当年是何其宏伟壮观。园区内还有围墙、防御工事和瞭望塔的残迹，以及散落在地上的石柱、石棺和残破雕塑，这些古迹与文物就这么沉默地躺在城堡山上逾千年之久，将它的历史沧桑展现在世人面前。

埃米尔宫殿遗迹

前往阿拉伯帝国倭马亚王朝的埃米尔宫殿群的路上

埃米尔宫殿石窗窗景

从赫拉克勒斯神庙的残迹想象其当年宏伟的全貌

罗马之外的罗马

位于约旦北部的杰拉什古城遗址（Jerash）距安曼约 50 千米，是我在约旦的下一个旅游目的地。这座有 3500 多年历史的古罗马城，是意大利境外保存得最完整、最大的古城，被誉为“中东庞贝”。

公元前 1600 年，杰拉什就有人类居住并繁衍生息。古希腊时期，此处便展开城镇化的建设。公元前 63 年，罗马军队占据叙利亚及杰拉什周边地区，这儿开始兴建起罗

被誉为“中东庞贝”的杰拉什古城遗址

在古罗马城和一群活泼可爱的约旦女孩合影

马风格的建筑，城市的规模逐渐形成，杰拉什就在这样的基础上发展起来。随着罗马帝国的起伏动荡，以及拜占庭、阿拉伯倭马亚王朝和阿巴斯王朝的兴起与衰落，这块土地也经历多次的战乱和争夺。最为兴盛繁华的时候，人口达两万多人，是中东的贸易中心，一度名列中东地区四大名城之一。而后杰拉什受到多次地震的摧残，尤其是749年那场毁灭性的强烈地震，建筑物经受不起严重破坏，城市几乎毁于一旦。直至9世纪，杰拉什已埋没在荒丘蔓草之下，就此销声匿迹。直到1806年，德国探险家奥里赫（Urich Jasper Seetzen）途经此处，发现了部分遗迹。20世纪20年代开始，在考古队不断发掘和修复下，终于让深埋在黄土之下、消失千年的文明古迹重见天日。

我跟随导游的脚步，以古城的凯旋门为起点开始探访杰拉什古城遗址。凯旋门又称哈德良凯旋门，119年，为了欢迎当时的罗马皇帝哈德良（Publius Aelius Traianus Hadrianus Augustus）莅临此地而建，不仅以他来命名此门，更举行了大型的进城庆祝仪式。根据历史记载，这位罗马皇帝博学多才，又喜爱旅游，在他身为统治者期间，罗马帝国治下有不少行省都留下他的足迹。英国历史学家爱德华·吉本（Edward Gibbon）所著的《罗马帝国衰亡史》（*The History of the Decline and Fall of the Roman Empire*）里就有这样的一段话："哈德良的生活几乎是始终处在永无止境的旅途之中。"在公务之余不忘旅游的我不禁心有戚戚焉，倘若我能穿越时空跟他见上一面，一定会擦出火花，聊起许多关于旅游的共同话题。

岁月的摧残并没有减损这座凯旋门的宏伟大气、威武不凡，巨大的石块垒筑起中央与左右三道拱门，近前一

哈德良凯旋门

哈德良凯旋门的石柱雕刻着精致的图案和花纹

看，门上的石柱雕刻着精致的图案和花纹，粗犷中带有细致。穿越拱门后，左手边是一座罗马赛马场，约长 260 米，宽 50 米，一侧是石阶看台，可容纳 1.5 万名观众，过去用来进行赛马、战车和体育比赛等活动，是整个杰拉什城内占地面积最大的场地。我坐上看台，环视整个赛马场，仿佛置身在由威廉 · 惠勒执导的电影《宾虚》（*Ben-Hur*）马车竞技的场景中，非常具有临场感。此时传来阵阵鼓角声，原来场内正在拍摄古罗马赛马和战士格斗的场面，当年的

古罗马赛马场全景

马车驰骋的紧张气氛立即扑面而来。

过了赛马场，斑驳而厚实的石墙向城内延伸。听导游介绍，城墙共有 4 座城门，同时每隔一定距离就建有一座塔楼或高台，总共有 100 多座。我们继续往前行，主要入口是一座残破不堪的南大门，然而想要一探昔日繁华的古城，正是从门后的南大街揭开序幕。

椭圆形的罗马广场规模长 90 米、宽 80 米，十分宽阔，周围环绕有边廊，清一色的爱奥尼亚式石柱（Ionic

南大门

椭圆形的罗马广场周围环绕的边廊石柱是爱奥尼亚式石柱，柱头有一对向下的涡卷装饰

Order），保存得相当完整。这种石柱属于古希腊建筑的特色之一，柱头有一对向下的涡卷装饰，特点是比较纤细，所以又有“女性柱”的美称。旧时广场中央设有两个祭坛和一座喷泉，现在已不复存在了。连接罗马广场的是一条长达800米的廊柱大街，高耸的石柱是另一种古希腊

廊柱大街的高耸石柱是科林斯柱式，柱头形状似盛满花草的花篮

的柱式——科林斯柱式（Corinthian Order），比爱奥尼亚柱式更为纤细精致，柱头形状似盛满花草的花篮。据导游介绍，这条石柱街建于公元 1 世纪，原来也是爱奥尼亚式石柱，后来到公元 2 世纪时进行改建，才将石柱换成科林斯式。

从椭圆形广场往上走，山丘高处分别有宙斯和月神阿尔忒弥斯两座神庙，以及南北两座剧场，包括提供 1600 多名观众观看唱歌、朗诵演出的北剧场，和南边作为每年杰拉什艺术季表演场地，可容纳 3000 名观众的古罗马剧场。我们在南剧场巧遇街头艺人的表演，坐在石阶看台上，乐音及鼓声皆十分清晰。

神庙建筑坍塌毁损得较为严重，但仍保有数根高耸入云的巨大石柱。站在神庙的石柱旁，更感觉石柱的气势恢宏与自己的渺小。从高处环视整座古城，众多巍然挺拔的

宙斯神庙

宙斯神庙残存的高大石柱

月神阿尔忒弥斯神庙

南剧场巧遇街头艺人表演

导游正在解说杰拉什古城残存建材雕刻

基督教堂内地板嵌有马赛克图案与文字

残垣断壁

残留的基座上刻有古罗马文字

石柱千百年来屹立不倒，这些建筑承载着“千柱之城”的美誉，让人悠然想起此处曾是如何盛极一时、伟大辉煌，足可与罗马境内的古城匹敌，难怪这个被掩埋千余年的古城也被誉为“罗马之外的罗马”（A Rome away from Rome）。然而漫步于古城散落的遗迹间，看到四处遍布凌乱倒塌的残垣断壁，又忍不住感叹世事沧桑。

城内除了希腊罗马建筑之外，也曾经建有15座基督教堂，如今仍有部分残存。这些教堂多建于五六世纪，堂内地板嵌有色彩斑斓的马赛克图案，非常漂亮。可惜我时间有限，未能进入内部仔细欣赏。

杰拉什古城遗址整体面积不算小，若时间充裕的话，建议游客能够安排一整天来身临其境了解它的发展史，收获与感受将远不是文字和图片所能给予的。

众多巍然挺拔的石柱千百年来屹立不倒，
这些建筑承载着“千柱之城”的美誉

失落的“玫瑰古城”

约旦南部距离安曼约260千米之处，被群山环抱的穆萨谷地中，有一座曾经泯没于历史洪流中，而后又重新被世人发现的历史古城——佩特拉古城。2007年，古城被评为“世界新七大奇迹”之一。游完杰拉什古城遗址，接着便是我最期待的行程地——佩特拉（Petra）。如果到约旦只能去一个地方，毫无疑问，佩特拉便是唯一的选择。

“佩特拉”来自希腊语，为“石头”之意，在《旧约圣经》中称为“塞拉”（Sela），含义也同样为“岩石”。据资料记载，佩特拉是来自阿拉伯西部的游牧民族纳巴泰人（Nabataeans）的王国首都，在公元前1世纪至2世纪期间极其繁荣，经过朝代更迭起落，106年沦为罗马帝国的一个行省，3世纪时，海上贸易取代了陆上的商路，古城开始走上衰落之途，而到7世纪时已经是一座废弃的空城。直到1812年，瑞士探险家伯克拉特（Jean Louis Burckhardt）乔装成穆斯林朝圣者，随着贝都因人进入此处，才揭开佩特拉的面纱，成为世界闻名的古迹。由于此地岩石的基色呈粉红色，使得佩特拉获得一个美丽的别称，叫“玫瑰古城”。

隐藏在狭窄岩谷中，一条蜿蜒的裂缝小路是通往“玫瑰古城”的唯一道路，这就是长 1000 多米的峡谷通道——赛格小道，俗称蛇道。从入口旅客中心至蛇道的这段路上，可以发现在侧边的山丘或岩壁上有许多空洞，这些空洞是纳巴泰人凿岩而成，用于墓碑、墓穴和墓室等。同中国古代墓穴一样，埋葬者的身份决定了墓碑的规格图案以及墓穴上方的棱柱数目。

山丘或岩壁上有许多空洞，是纳巴泰人凿岩而成，用于墓碑、墓穴和墓室

我沿着探险家当年走过的路线前进，蛇道两侧被高耸的岩壁包围，路线弯弯曲曲，最宽处约 7 米，最窄处仅有 2 米。由于蛇道除了让旅客步行进入外，还可以骑马和乘马车，因此当我步行其中，还得不时闪避往返的马车和马匹，有时还出现险象迭生的情况。马车最多只能走到蛇道的尽头，就不能再往前行了，旅客则可以继续步行前进。来到狭窄处路段，我抬起头来，能从峡缝中看到天空，深深感受到“一线天”带来的震撼感。

不过最让人毕生难忘的，莫过于走到蛇道尽头，随着脚步的挪动，原本狭窄的视野范围豁然开朗。在峡缝后方，古城中最伟大的建筑遗迹——卡兹尼神殿（Al Khazneh）完完整整地呈现眼前，突如其来的视觉冲击，让我和其他旅客一样，不禁发出“啊”的一声惊叹，为面前的庞然建筑所震撼，心中感受非文字所能形容。

隐藏在狭窄岩谷中的赛格小道（蛇道）

蛇道边沿山壁开凿的引水道

神似大象的岩石

蛇道岩壁上的雕刻，牵骆驼人的下半身及骆驼的脚

人和马车争道的蛇道

从蛇道尽头看向卡兹尼神殿

卡兹尼神殿是用一整块完整的玫瑰红砂岩雕凿而成，作者在神殿前与骆驼合影

神殿以 6 根罗马科林斯式柱支撑，楣梁和门檐都有精细的女神和战士浮雕

这座古代神殿正面高 40 米，宽 30 米，由一整块玫瑰红砂岩雕凿而成，气势宏伟的门面显得高不可攀。神殿分为上下两层，以 6 根罗马科林斯式柱支撑，楣梁和门檐都有精细的女神和战士浮雕，整座神殿如一件完美无瑕的巨型雕刻艺术品。2000 年前，在如此贫瘠荒芜的沙漠荒谷中，不靠现代科技的打造，居然能够雕刻出这般巧夺天工的雄伟建筑，怎不令人叹服？考古证明，纳巴泰人不仅是沙漠里精明的商人，也是卓越的雕刻师、建筑师。

卡兹尼的意思是“宝库”，因为贝都因人传言这儿为纳巴泰国王的藏宝处，可惜至今并未发现任何宝藏。与外观富丽堂皇恰恰相反，神殿的内部既没有宏伟的厅堂，也没有精致的装饰，只有一间简朴的大厅和前面两间侧厅。

古街道区残存的遗迹

2016 年我第一次前往时，尚能够进入内部。待 2018 年再访时，已封闭不能进入了。

经过卡兹尼神殿后，继续往前，穿过一条古街道 Street of Facades，便进入一片宽广的区域。此区域散落的遗迹，无论是神庙、半圆形露天大剧场，或是数十座王室贵族的墓冢，还是修道院等，都向旅客诉说着这儿曾经拥有灿烂辉煌的文明。最后在导游的协助下，我冒险攀上卡兹尼神殿对面的峭壁上，俯首欣赏与山壁浑然成一体的千年神殿，它是如此的不同凡响，代表着一个失落城市的黄金年代，也是精湛雕凿工艺的典范。

除了古城外，佩特拉博物馆也非常有名气，那里陈列着许多出土的陶器、雕塑、铜、铁和玻璃制品等文物，来到此处，游客们也别忘了安排时间参观。

○ 宗教圣地——尼泊山

安曼周边景点的游览被我排到行程的最后，我先将最想前往的古城遗址统统参观之后，再重回安曼周边，来到尼泊山（Mount Nebo）。尼泊山海拔800米，是约旦最知名的宗教圣地之一。据《圣经》记载，此地为先知摩西度过最后时日和升天的地方，因而又叫“摩西山”。据传摩西带领以色列人逃离埃及，途中与敌人周旋并克服万难险阻，最终来到西奈山上接受上帝启示，为犹太人定下了“十诫”，并将诫条刻在两块石板上，这就是家喻户晓的“摩西十诫”故事。

为此，基督教徒来到这里修建许多教堂，成为信徒朝拜的圣地。其中在尼泊山上的一座教堂内，留下基督教和犹太教的重要遗迹，地板上镶嵌各种关于耕地、狩猎和鸟兽的图案，反映了当时犹太人的日常生活。山上耸立着一

尼泊山上的教堂

根巨大的铜蛇十字架，同样出自《圣经》的典故，铜蛇象征上帝要摩西造一铜蛇盘挂在柱子上，使得被毒蛇咬伤的人见到铜蛇杖便活过来；十字架则代表耶稣受难的十字架。这根铜蛇十字架直指苍穹，颇有气势。

尼泊山上耸立着一根巨大的铜蛇十字架

教堂内部

地板镶嵌各种关于耕地、狩猎和鸟兽的图案

尼泊山上纪念摩西定下“十诫”的石碑

尼泊山上的雕塑纪念

从尼泊山下来，我就直奔附近的“马赛克之城”——马达巴（Madaba），这是世界上马赛克镶嵌制品种类最多的城市，它同时是一座拥有3000多年历史的古城，与许多约旦的古城命运相同，也历经多次战乱和易主。幸而在拜占庭时期，马赛克艺术被引进到这里，并获得蓬勃发展。这是个没有高楼大厦的城镇，只见朴实平房和整洁街道，以及许多售卖手工艺品的商店或摊子。路上行人稀少，呈现一派宁静祥和的景象。许多教堂、考古公园、博物馆内，都可以见到马赛克砌成的图画和作品，甚至还有马赛克学校。

从尼泊山上可眺望约旦河河谷，左方隐约可见的是全世界最低的湖泊——死海

旅客来到城内绝不容错过的地方，非圣乔治希腊东正教堂莫属。这间建于19世纪的教堂，有块极为珍贵的地板，是一幅已有1400多年历史的残缺地图，据说最初的完整地图是由超过200万片各种色彩的马赛克镶嵌而成，内容以耶路撒冷为中心，绘制出从埃及到巴勒斯坦地区在《圣经》中提及的主要地点，并以希腊文加以标示，就连地形地貌、人物和动植物、船只、建筑等皆清晰可见，是世界上现存最古老的中东地图，亦是一幅朝圣地图，其考古价值不容小觑。

圣乔治希腊东正教堂

圣乔治希腊东正教堂的地板是一幅用马赛克拼贴而成，具有1400多年历史的残缺地图，其中被城墙围住的就是耶路撒冷

另外还有个值得一提的有趣经历，那就是死海浮游。死海的湖面海拔低于海平面420多米，是全世界最低的湖泊，位置在以色列和约旦之间的约旦河大裂谷地区。此前我曾经在以色列那一头的死海游玩过，并且尝试了漂浮。来到约旦后，我还是忍不住再去体验一次。这部分细节，我将会在未来出版的以色列游记中再好好详述一番。

死海

暴走红沙漠

2018 年 11 月，我乘集团在安曼的分公司开幕之便，再到约旦一探月亮谷（Wadi Al-Qamar），它是约旦必游的三大奇景之一，其他两个则是我已经两度前往的佩拉特和死海。原本我以为这趟月亮谷之行不过就是弥补一下遗珠之憾，实地亲临之后才发现，它的奇特景观竟然是约旦自然奇景中最为雄伟壮观的。

月亮谷又名瓦地伦（Wadi Rum），位于约旦西南部，是

前往月亮谷途中，大地刮起风沙

一片由砂岩和花岗岩形成的沙漠谷地。从首都安曼出发，在颠簸的公路上行驶了三个多小时，快接近目的地时，空旷的大地开始刮起风沙，窗外已朦胧一片。我顿时好生担心，生怕沙漠景区会因此临时封闭，这样岂不是白走一趟？司机发现我的忐忑，跟我说明此乃沙漠中常见现象，当日行程肯定不会被风沙所阻碍，我这才放下心。

瓦地伦现在已被政府划为保护区。我们先到旅客中心报到，入口处是两座堡垒，过去是沙漠部队的碉堡，如今成了景区管理办事处。为了保护旅客的安全，景区内还有骑乘骆驼的警察经常巡逻呢！所有旅客都要将乘坐的汽车停泊在此，而转搭景区内专用的敞篷四驱车，以免自驾车行走于沙漠时，陷入沙堆、石砾中动弹不得。

游玩月亮谷景区必须转搭景区内专用的敞篷四驱车

瓦地伦沙漠是约旦的最大干谷，整片大漠覆盖着红色细沙。每当日落时分，斜阳夕晖将沙漠映得呈现出赭红、砖红等红酒般的色调，所以又有“酒红色山谷”之称。2000 多年前，瓦地伦已是纳巴泰文明的领地，这片土地上亦留下不少纳巴泰人的神庙遗址，几十千米外的佩特拉，就是其中的代表。我在景区内的红色岩壁上，见到古老的岩画和铭文，刻有骆驼、马和鸵鸟等图腾，相当清晰。这当中就有纳巴泰人所留下的，岩画成为这片沙漠的珍贵文明遗产。

这一带是贝都因人的游牧之地，他们无惧于旱炎热的天气，在沙漠上寻找水源，并搭起帐幕为家，维持传统的游牧生活方式。

1962 年一部英国电影《沙漠枭雄》（*Lawrence of Arabia*）就在这片沙漠实景拍摄，昔日的拍摄片场现在成为旅客的休息中心。帐幕前的一块岩石上，居然刻有英国陆军情报

红色岩壁上刻有骆驼、马和鸵鸟等图腾的古老岩画和铭文

贝都因人搭的帐篷

贝都因人请作者喝贝都因茶，并合影留念

《沙漠枭雄》的拍摄片场现在成为旅客的休息中心

劳伦斯的肖像浮雕

军官劳伦斯（T. E. Lawrence）的肖像浮雕。电影的背景是第一次世界大战时期，英国为阻止奥斯曼土耳其帝国吞并阿拉伯领土，派遣军官劳伦斯到阿拉伯，组织联合当地各部落军力与土耳其对抗，屡次击败土耳其军队，因而成为阿拉伯人的英雄，被称为“阿拉伯的劳伦斯”。稍远一些，有一处“劳伦斯之泉”（Lawrence’s Spring），据说往山上爬一段就可以看见一道山泉，并可从高处眺望沙漠风光。一个用砖石和岩壁结合而成的建筑，则是劳伦斯当年驻扎过的基地，如今成了旅游的景点。

那么，瓦地伦“月亮谷”的美名又是从何而来呢？除了细细的红沙外，大漠里还矗立着一座座经受千万年风化而形态千奇百怪的岩石，有些竟高达数百米。若从高空俯瞰，它的地貌与月球表面十分相像，“月亮谷”之名由此得来并传遍天下。

冒着烈日的曝晒，我们在广阔空荡的大漠上驰骋。途经拔地而起的巨岩，的确有着各种奇特怪异的形状，还有刀削般险峻的岩壁以及拱桥等，千姿百态，引人遐思。我也踏着柔软的沙堆，登上岩峰，站在峭壁边缘极目远望，苍凉寂静的无垠沙漠上，层层怪石迭起，构成一道道峡谷，不禁让人感叹造物者的鬼斧神工。忽而吹来一阵大风，扬起黄沙，眼前变得如梦境般朦胧，真是如梦如幻，令人惊叹不已。

月亮谷面积广阔，除非时间有余裕在此留宿一晚，否则无法在几个小时内走遍保护区。现在瓦地伦已经发展成

众游客踏着柔软的沙堆，登上岩峰

登上岩峰，站在峭壁边缘极目远望

热门旅游区，帐幕式的酒店一间又一间盖起，为旅客提供宿营服务。驰骋在空旷的红沙漠上，我行经一家酒店，其设计十分新颖，约有20个穹幕帐篷营地。如果能躺在帐篷内透过大片透明窗欣赏窗外景致，或是夜幕低垂时，在营地露台的躺椅上，仰看浩瀚星空，想必非常惬意。

结束了三个小时的月亮谷探险，我顺道来到约旦唯一的海湾城市——亚喀巴（Aqaba）。城市夹在红海与崎岖起伏的山峦间，邻近以色列、埃及和沙特阿拉伯三国。由于清澈的红海，当地气候也与沙漠中截然不同，相当舒适，一年四季皆为喜爱潜水、游泳等水上活动者的理想场地。日落美景当前，我顾不上疲劳，乘小艇出海，游弋在属于四个国家的红海中，享受凉风下的夜色，感到十分惬意。

穹幕帐篷营地建构的酒店

沙漠之舟

尽管我已游历过约旦最为著名的几个景点，但其实还有不少遗珠之憾。所幸我们集团安曼分公司已开业运营，相信日后我将会有更多往来约旦的机会，到时我再择日来寻古探秘。

黎巴嫩

黎巴嫩历史悠久，早在 2000 多年前，腓尼基人就生活在这片土地上，而黎巴嫩的名称早见于公元前 23 世纪的埃勃拉文书。

目前的黎巴嫩共和国位于亚洲西南部、地中海东岸，东北部与叙利亚接壤，南部与以色列为邻，西濒地中海。

黎巴嫩是中东地区最西化的国家之一，境内有人类最早的一批城市与世界文化遗产，最古老的古迹已经有 5000 多年的历史，全球各地观光客因此慕名而来。

中东小巴黎

黎巴嫩（Lebanon）早就在我的旅游计划之中，不过它到底是经过长期的战乱，与中东的“是非之地”叙利亚仅一山之隔，政局依旧存在动荡，导致我多次更改行程，始终未能成行。听闻我的亲家已计划到当地深度游时，终促使我下定决心前往。临出发前，几位好友特地给我温馨提示，强调当地并不安全，特区旅游局仍对旅客发出红色警示，希望我三思。然而几经考虑后，我还是决定斗胆冒险一试。

我乘坐的航班降落在黎巴嫩首都贝鲁特的拉菲克·哈里里国际机场（BeirutRafic Hariri Int'l Airport），就此踏上自己旅行计划的第 142 个国家。走出机场与迎接我的司机会合后，我们随即前往离市区约 20 分钟车程的酒店。车窗外的街景带有欧式风情，让我未来得及反应这里是中东国家之一。虽然路上仍设有军警哨站，但他们都神情轻松，没有气氛紧张的盘查，使我原来忐忑不安的情绪，随之逐渐消失。

路上司机侃侃而谈，让我对黎巴嫩有了一个初步的了解：黎巴嫩在中东算是一个小国，人口约 500 万，国土面积 1 万多平方千米。它位于地中海东岸，与以色列、叙利亚为邻，拥有丰富多样的地貌，除了拥有碧蓝的地中海，境内又有白皑皑的雪山、深幽的峡谷、河流和松林。导游自豪地说，若非 1975—1990 年这段长达 15 年的内战损耗，黎巴嫩当是人间不可多得的福地。

黎巴嫩虽于 1943 年建国，但它却有着悠久的历史，公元前 3000 多年这里已有腓尼基人居住，文化底蕴深厚。加上黎巴嫩地居要冲，历来是兵家争夺的战略地带，曾经受到亚述、罗马、希腊、波斯、奥斯曼、阿拉伯、亚美尼亚和巴比伦的文化影响，是一个多元文化大熔炉。

与其他中东阿拉伯国家不同，黎巴嫩人民对宗教信仰的自由度很高，其中全国人口一半信奉伊斯兰教，其余分别是基督教、天主教等多种教派，每天来自清真寺宣礼塔的呼唤声和基督教教堂的钟声此起彼落，悠扬共鸣。黎巴嫩的政治架构也很特别，根据该国的协议法案，总统必须是基督教徒，总理是伊斯兰教的逊尼派教徒，议会议长则是什叶派，以达到政治平衡的局面。在社会政策与风气上，黎巴嫩的开放程度较其他中东国家要高，不仅妇女穿着自由得多，酒吧、电影院也到处可见她们的身影，尤其与隔邻的叙利亚比较，更是天渊之别。

我认为，想要了解一个陌生的地方，最快最好的方法就是到当地的历史考古类博物馆参观，那是个打破时空束缚的场所。通过那些看似不起眼的破碎砖瓦、瓶罐、古文壁画，以及制作精良的宝石饰物，我们可以从中寻找当地历史发展的脉络，了解当地人民的起居饮食，或挖掘出被人们遗忘的细节。所以我撂下行李后，二话不说，第一个目的地就是贝鲁特国家博物馆（National Museum of Beirut）。

贝鲁特国家博物馆

博物馆建于1937年，楼高3层，门前有4根巨大的柱子。与北京故宫博物院相比，规模自然是小巫见大巫，但是馆内收藏的珍贵文物却让人刮目相看，是黎巴嫩最重要的考古博物馆。馆内文物从第一次世界大战后开始收集，截至目前，各类藏品逾10万件，涵盖史前时期、青铜时代、铁器时代、希腊时期、罗马时期、拜占庭时期和马穆鲁克时期的珍品。

不幸的是，在那段15年的内战期间，博物馆的位置刚好坐落在各敌对派系的分界线上。考古人员虽采取办法努力抢救，甚至用水泥将文物加以封存，使大部分的文物得以保存下来，但仍有很多文物遭到破坏。馆内有一段视频，特别介绍考古人员在战后如何复原古物。眼见那些珍品遭受破坏、严重受损的惨况，我不禁痛心万分。贝鲁特国家博物馆门前的大柱，也曾是弹痕累累，经过几次修复才恢复到现在的面貌。

目前博物馆展出的文物都是经过考古人员修复和重新整理的，例如，腓尼基、波斯、希腊、罗马时期的石棺、石雕、马赛克、陶瓷器、钱币和珠宝等。其中有一副石棺，号称“镇馆之宝”，是公元前 10 世纪腓尼基城邦阿希拉姆

石棺展示区，每座古石棺上都有精美的雕刻

“镇馆之宝”是公元前 10 世纪腓尼基城邦阿希拉姆国王的石棺，棺盖上刻有文字

国王（Ahiram）的石棺。这副石棺是在离贝鲁特不远的海湾小镇——比布鲁斯（Byblos）出土，当地还发现不少王室墓穴。该棺身是由四头狮子雕像所抬起，周围则有精细的浮雕，包括端坐在宝座上的国王，以及向他列队献礼的人民。棺盖上刻了一段文字，经过专家们的破译，认为是诅咒亵渎这座陵墓和石棺的人。而其中的重要性在于这段文字是

以腓尼基文写成，今天西方和欧洲使用的字母，来源就与腓尼基文字有很密切的关系。为了寻根问底，参观完博物馆，第二天我便选择前往比布鲁斯，到遗址上实地追寻腓尼基人的文明。

翌日清晨，在和煦的阳光下，我独自走到酒店前的Zaitunay 海湾。该海湾连接贝鲁特港口，是大型客货船停

清晨的贝鲁特港

沿着海湾大道跑步运动的民众

泊转运的集散地。周日一早，有许多热爱运动的民众在Zaitunay海湾大道上跑步，展现了这座城市的活力，原来他们是为了即将到来的贝鲁特马拉松活动热身。在这般祥和气氛的烘托下，我循着他们的跑步路线漫步于贝鲁特市区。作为一个首都城市，贝鲁特市中心是政府的行政办公区。代表性的地标包括一座奥斯曼时期的钟塔，以及钟塔附近的穆罕默德·阿明清真寺（Mohammad Al-Amin Mosque）。这座宏大的清真寺建筑有着色彩鲜明醒目的蓝色圆穹顶，据说设计上参考了土耳其伊斯坦布尔的蓝色清真寺——苏丹艾哈迈德清真寺。紧贴它的还有圣乔治教堂（Saint George Greek Orthodox Cathedral）。此外，中间则有一片罗马浴场的遗迹。

穆罕默德·阿明清真寺有着醒目的蓝色圆穹顶

奥斯曼时期的钟塔

圣乔治教堂

罗马浴场的遗迹

黑色的烈士纪念碑上布满了弹孔，是黎巴嫩内战期间的产物

圣乔治教堂前面是烈士广场（Martyrs' Square），中央竖立着一座烈士纪念碑，为纪念遭奥斯曼统治者杀害的民族主义者。细看一下，黑色的纪念碑布满弹孔，这是黎巴嫩内战期间的产物，想必政府在修复时，刻意保留了弹孔痕迹，以记录当时战火的无情。

与许多城市一样，贝鲁特也分为旧城和新城区，城内除了保留古朴阿拉伯式民居外，亦建有现代摩天大厦，创新和传统、摩登与古老的建筑融为一体。由于黎巴嫩在第一次世界大战后成为法国的委任统治地，街道建筑带有欧式风格，所以又叫“中东的小巴黎”。目前政府积极建设城市，可见到多处地方正在大兴土木，想必下次再来时，首都面貌将焕然一新，更加繁华绚丽了吧。

新市区现代化的建筑正在建设

老市区的瑰丽街景

吸引眼球的大型涂鸦壁画

腓尼基人的珍贵遗产

结束市区漫步后，下个目的地便是我前日就已计划好的比布鲁斯，这个城镇又叫朱拜勒（Jbeil），位于贝鲁特北部约 40 千米处。经考证，7000 年前的新石器时代这里就有人类居住。其历史一直延续下去，未曾中断，被认为是“延续至今的最古老城市”。公元前 3000 年，它由小渔村逐渐发展成颇具规模的城镇，是地中海东岸木材贸易重要港口之一，亦是西区贸易的中心。

比布鲁斯的特色市集

市集用餐区的屋檐有一个弯弯的弧度

公元前2800年，腓尼基人在周围修筑了防御城墙，又兴建市内的排水系统，并建都于此，它的黄金时代就此展开，并一度发展成为埃及和美索不达米亚（两河文明）这两大世界最早文明的交会点和贸易中心。

善于经商的腓尼基人为了方便商业活动，解决商业契约的订立等需求，创造了具有22个字母的文字，从而成为希伯来文、希腊文、拉丁文等字母文字的始祖。现今西方和欧洲的字母又是从希腊文和拉丁文演变而来，因此，腓尼基文可以说是西方文字之母，可见腓尼基人对人类文明的贡献是多么巨大，他们给世界留下如此珍贵的遗产。

由于地处欧亚的交界，比布鲁斯在7000年的漫长历史中，也多次易主，因此在这儿可以见到许多不同时期的

比布鲁斯明信片

残垣断壁上的雕刻

建筑遗迹

建筑遗迹。例如，可以追溯到公元前两三千年历史的几座腓尼基神庙，L 型神庙（L-shaped Temple）、方尖碑神庙（Obelisk Temple）和 Baalat Gebal 女神庙，另外还有一座小型的罗马剧场，以及一口原本为小镇的水源，但目前已然干涸的国王水井。可惜这些遗迹多半残存不多。而地下发掘出来的文物就精彩得多，此处一共发现了 9 座王室墓穴，发掘出数具石棺，其中阿希拉姆国王的石棺最为珍贵，正是我前一日在贝鲁特国家博物馆中所见到的。

这里有一座面积不大的十字军城堡遗址，保存得相对完整，在世界上已为数不多。城堡建于 12 世纪，是盖在一座 9 世纪埃及法蒂玛王朝的建筑物上，城堡所用的石材，

十字军城堡遗址

塔楼上远眺古城遗迹，滨海处是奥斯曼建筑风格民房

有部分取自当地腓尼基人和罗马人留下的建筑物。

我一鼓作气，沿着充满岁月痕迹的石阶登上城堡的塔楼，临高远眺，整座遗址群一览无余。这时我才发现，远处临海边居然有间独栋民房，与周遭环境相比，十分突兀。原来这片具有相当规模的古城遗迹是在法国委任统治时期开始进行考古挖掘的，当时将上方原来的奥斯曼建筑风格民房全部拆迁移除，而这栋民房就是唯一留下来作为历史见证，供人凭吊欣赏的。

海风习习中，我脑海忽然浮现出“永远的军中情人”邓丽君一曲《小城故事》中的歌词：“看似一幅画，听像一首歌，人生境界真善美，这里已包括。”此中描述的意境，竟非常吻合这座千年小镇的氛围。

别有洞天的杰达溶洞

若说比布鲁斯是非去不可的旅游景点，那么杰达溶洞（Jeita Grotto）和山上的哈里萨教堂（Harissa）这两个地方同样值得一游。这两处景点都在前往比布鲁斯的必经之路上，因此，在到达比布鲁斯前，导游已安排我先游溶洞和教堂。

溶洞位于贝鲁特以北约20千米处，黎巴嫩山脉的底部，这里属于喀斯特地貌，经过数千万年的大自然变化，溶洞已形成一条巨大而复杂的地下河，蜿蜒数千米。我曾经前往国内外多个钟乳石溶洞参观，觉得世界各地的溶洞大同小异，加上杰达溶洞并未列入世界自然遗产，知名度亦不如斯洛伐克的溶洞群，因此抵达景点时，心中已有打退堂鼓之意。不过中东地区溶洞地貌确实少见，加上我又能享有长者半价优惠门票，“既来之，则安之”，姑且进入游览一番。

黎巴嫩政府对自然景观的保护可谓不遗余力，景区采取严格的管理措施，洞内不准拍照，在进入溶洞前，更要求旅客把身上携带的手机和相机等统统寄放在洞外的储物柜。我按规定寄存相机，不过仍偷偷把手机藏在身上，寻思能否找到机会留下一点记录。不料洞内不但安装了监控，而且每个拐角处都有专人看守，我无计可施，唯有放弃偷拍意图，专心在洞内参观。

走进溶洞内，才发觉它别有洞天，且设有灯光照明，让旅客可尽览奇景。杰达溶洞相当特别，参观路线分为上、下两部分，上部属于旱洞，旅客能够行走于步道上观赏，由于步道是顺着地势建造，因此整条路线弯弯曲曲，总长度达 650 多米。洞内的钟乳石形态万千，石笋、石帘等造型奇特，展现了大自然的鬼斧神工，令人目不暇接，还可引发浮想联翩，颇具趣味。偌大的穹顶最高达 80 多米，瑰丽壮观。这里的灯饰流于自然，不像其他地方洞内采用五彩缤纷、华丽璀璨的照明，给人的感受较为清新舒服，对自然环境保护也更为周到。

下部是地下河，我与其他旅客一样，搭乘专门的平底小艇，顺着 800 多米长的河道缓缓滑行，环顾欣赏周围经千万年水流侵蚀而形成的喀斯特地貌，河道曲径通幽，实在是一次奇妙的体验。

杰达溶洞周围的环境也相当清幽，流水淙淙。旅客可以选择乘坐登山缆车，或是景区专用的小火车，直达溶洞。当日虽然气候炎热，但因这里位处山中，林木茂密，所以感觉非常舒适。

参观完溶洞后，我继续往北，到达黎巴嫩沿海的第二大城市朱尼耶（Jounieh），此地建城约 200 年，属于奥斯曼时期的建筑风格。特别之处在于城内拥有全国唯一赌场，这在中东阿拉伯国家简直是匪夷所思。由于身为观光度假城市，每逢夏季夜晚，酒吧和餐厅门庭若市，热闹非凡。

我们来到朱尼耶的主要目的地是圣母山，山上有座锥形的哈里萨教堂，外形相当独特，不过更特别的在于一座巨型纯白的黎巴嫩圣母像（Our Lady of Lebanon）就竖立在教堂上。这尊圣母像于1908年落成，高8.5米，重达15吨。圣母像守护着黎巴嫩，是基督教徒的圣地之一。梵蒂冈教皇约翰·保罗二世更曾于1997年5月10日到访此地。

我沿着环绕锥形教堂的阶梯登上顶部，来到圣母像前仰视，只见她面带柔和的笑容，摊开双手，仿佛拥抱着整个朱尼耶城，亦像是欢迎来自四面八方的朝圣者。这里是全城的最高点，往下望去，黎巴嫩海岸线的美景尽收眼底，令人心旷神怡，陶醉不已。

圣母山上有座锥形的哈里萨教堂

仰望圣母像

站在圣母山上遥望黎巴嫩的美丽海岸线

出海看鸽子岩

这天整日的行程非常丰富，观地中海城市朱尼耶、登圣母山、游杰达溶洞观赏喀斯特地貌，以及比布鲁斯寻古探秘，结束后我仍意犹未尽。返回贝鲁特市区后，我们随即前往海岸边，这里是市民运动和垂钓的地方。临岸边有两块突起于海面上的巨大岩石，叫作鸽子岩（Pigeon Rock Grotto）。岩石带有波浪状的条纹，其中较大的那块底部还

有一洞，如同拱门般，形状独特，小型游艇甚至可以穿过。鸽子岩不但是当地著名地标，也成为旅客到贝鲁特必观赏的景点之一。鸽子岩的名字因何而来，并不是岩石外形类似鸽子，有一说是岩石是鸽子停留筑巢之处，另有一说是岸边有间餐厅叫鸽子岩洞，因而得名。

我并未满足于岸上观岩，当导游提议乘船出海不但可穿越鸽子岩的拱门，而且还能观赏地中海日落时分，美景当前，切勿错失，此时虽已届黄昏，但我仍毫不犹疑马上前往 Zaitunay 海湾的游艇俱乐部租船出海。乘着海风，在岩洞间穿梭，透过鸽子岩拱门观赏地中海日落，无比的惬意。我曾在以色列的特拉维夫见过地中海的落日，此番与金色余晖下粼粼波光、瑰丽多姿的地中海重逢于贝鲁特，随着小艇悠悠荡荡，更觉得贝鲁特“中东小巴黎”之称谓的确名不虚传。

游艇穿过鸽子岩的拱门观赏地中海日落

世界上最宏伟、最完整的古罗马神殿

来黎巴嫩之前，我一直认为唯有前往罗马，才能看到保存最完美的古罗马神殿遗址。事实却不然。相信大多数人也跟我一样，无法相信世界上规模最宏伟、最完整的古罗马神殿遗址居然是在中东，是在地中海东岸的黎巴嫩境内。这种不可置信的感觉，就仿佛我初游约旦时，遇到“罗马之外的罗马”杰拉什古城一样。

巴尔贝克（Baalbek）位于贝鲁特东北方80多千米外的贝卡谷地中，海拔高1170米，今天已发展成为一个以农业

雾蒙蒙的天气为贝卡谷地披上神秘的面纱

从古罗马神殿复原图上一窥神殿壮观的原貌

为基础的城市，包含都会区约有 10 万人口。贝卡谷地接近叙利亚边境，时有武装冲突与袭击事件，并有叙利亚难民涌入，地区局势并不稳定，然而因为巴尔贝克是世界著名的历史古迹，又是绝不容错过的黎巴嫩景点，使得许多旅客以当日来回的方式游览巴尔贝克。

“巴尔贝克”的意思是“太阳之城”。公元前 3000 多年，迦南人在这里修建起祭祀主神巴尔（Baal）的神庙，成为千万信徒朝拜的圣地，亦是迦南人和腓尼基人的定居地。直到公元前 64 年，此地被罗马征服，开启 200 多年的统治时期，在原来太阳城的基础上不断扩建，把神庙修筑得更加宏伟。据传为了修筑这些工程，当时的统治者投入了超过 10 万名奴隶。现存三座神庙分别供奉罗马神话的万神之王朱庇特（Jupiter）、酒神巴卡斯（Bacchus）和爱神维纳斯

（Venus）。这个融合了腓尼基文明和罗马文明的巴尔贝克神庙群已于 1984 年被列入世界文化遗产名录。

经历2000多年的变迁，希腊、罗马、拜占庭、阿拉伯、奥斯曼等多个时代人为或自然的破坏摧残，神庙群早已残破不堪，但仅是那些留存下来的文物遗迹，仍获得世人的赞叹。我到过各地不少的神庙遗址，自认为还算得上是个见过世面的旅游达人，但面对巴尔贝克神庙群这般庞大的规模、磅礴的气势，实在找不到合适的言语来表达我所受到的震撼。

我首先来到位于神殿遗址前面的采石场，里面横卧着一块堪称世界最大的人工开采巨石。巨石长 20 米，宽和高各约 4.5 米，据估计重达千吨。我真的无法想象没有现代起重

采石场上横卧一块堪称世界最大的人工开采巨石

设备，要如何将这块巨石抬起并运到神庙区？这块巨石有个特别的名称叫作“孕妇石”（Stone of the Pregnant Woman），这名字的来由有好几种说法，其中一种是妇女碰触巨石后很

石阶上就是古罗马神殿的大门

容易怀孕。

我踏上石阶，穿过神殿大门，先来到原本应有 30 根高 8 米柱子所围绕的六角形大厅（Hexagonal Court），柱子所用的花岗岩来自埃及。往前进则是祭祀庭院（Great Courtyard），庭院非常宽广，长 135 米，宽 113 米，三面皆由玫瑰色的花岗岩石柱围成柱廊。中央是一大一小两个祭坛，用来献祭牛羊；两侧则各有一个用来清洗祭品的水池。

六角形大厅

占地广阔的祭祀庭院，中央有两个大小祭坛，两侧各有清洗祭品的水池

六角形大厅残留地上的花岗岩基座雕刻

祭祀庭院三面是由玫瑰色的花岗岩石柱围成的柱廊

庭院残存的那一面，是数十级石阶，拾阶走上7米平台，就是气势恢宏的朱庇特神庙。神庙为88米长、48米宽，据说是世界上最大的罗马神庙。它原先应有54根巨柱围绕着大殿，每根巨柱高约20米，直径2.3米，上方的楣梁也有5米，因此神庙的顶端足足有25米高。这些巨柱均由3节圆柱镶接而成，并没有使用黏剂接合，非常紧密，石缝间连刀刃都无法插入，古人精湛的建筑技艺实在叫人大开眼界。

朱庇特神庙的遭遇或命运只能用多灾多难来形容。6世纪时，闪电摧毁了神庙建筑，再加上地震与其他自然因素的影响，以及时代的更替，不同宗教信仰的政权将神庙改建或挪作他用，例如，查士丁尼时期，就将倒塌的石柱运到土耳其的君士坦丁堡修建圣索菲亚大教堂；十字军时期，石材也被移作堡垒建筑等。

透过柱廊的天井欣赏精美的雕刻

花岗岩上的女神与天使雕刻

时至今日，朱庇特神庙绝大部分虽已坍塌损毁，却依然可以从部分残迹上发现精美的雕刻，再现昔日的辉煌。例如，科林斯式柱头上可以明显见到鸡蛋和箭头等图案，据说鸡蛋是象征出生，而箭头则代表死亡。另外，楣梁上雕刻了精美的狮头，那是作为神庙出水口之用。

目前朱庇特神庙唯一比较完整留存下来的，只有南面6根排成一行以楣梁相连接、傲然挺立的巨柱。可惜的是，当日朱庇特神庙正在进行维修，6根巨柱被棚架和布帘遮挡

作者站在作为出水口之用的狮头下留影

朱庇特神庙正在进行维修，6根巨柱被棚架和布帘遮挡住

住，未能趋前一睹它的真貌。要知道这6根屹立不倒的石柱可是黎巴嫩的象征和骄傲啊！

神庙平台上至今留有3块体积达20立方米的巨石，跟采石场所遗留下来的巨石一样。究竟古人用何种方法将其从5千米之外搬移过来，又是如何堆砌建筑起来，这些令人费解的谜团，都让我一再佩服古人的智慧。

朱庇特神庙的左面是酒神巴卡斯神庙，规模较前者略小，长宽各为69米和36米，不过在神庙群中是保存得最完好的一座，也是精华所在。它的规模和保存状态甚至优于希腊雅典的帕特农神庙。巴卡斯神庙外围有42根科林斯式廊柱，都存留下来，其中19根保护得相当完好。

在希腊罗马神话中，酒神是庇佑植物、农业和酿酒的保护神，因而当我拾级而上，仰望11米高的庙门时，发现

保存较完整的巴卡斯神庙

巴卡斯神庙正殿

巴卡斯神庙庙门顶部横梁上刻有代表朱庇特的老鹰抓着代表墨丘利的杖，以及代表维纳斯的丘比特雕刻

门柱上刻有葡萄和酒壶的图案，便能够理解为何会刻有这类图案了。巴卡斯神庙带给我的震撼，不单是它的规模，更在于它的细节。其庙门顶部的横梁有刻画精致的老鹰，代表朱庇特，鹰爪上抓着代表信使神墨丘利（Mercury）的杖。还有代表维纳斯的丘比特雕刻。

神庙内部，除了大门外，其余三面也皆被墙壁和石柱所环绕，刻满各种花朵、水果、谷物的图案，栩栩如生。据说石墙上的壁龛原有许多雕像，可惜多已损毁。有块横倒的残缺浮雕，上面刻画了一位仿佛漂荡在水上、被巨蛇缠身的半身女神，导游说这是埃及艳后克利奥帕特拉的图像，不过我翻阅资料查询，并没有找到相关的说法，大多解说为仙女的造型。

横倒的残缺浮雕，上头刻画了一位仿佛漂荡在水上、被巨蛇缠身的半身女神

巴卡斯神庙前面是一座小巧玲珑、造型为圆形的维纳斯神庙，它已经残破不堪，基座上仅遗留几根石柱和部分墙身。周围的保存情况也很糟糕，看起来就像是一片废墟。

小巧玲珑、造型为圆形的维纳斯神庙，置身在一片残存石墙、石柱的废墟中

若非导游介绍，我绝对看不出它是一座受到青年男女欢迎的神庙。据说古代青年男女在酒神庙畅饮后，就会来到这里欢聚。

巴尔贝克神庙群的风采带给人们无限的遐想与缅怀

置身在巴尔贝克神庙群遗址的石柱、石墙以及散落一地的碎石瓦砾间，或许这儿曾经被历史的洪流所淹没，却无法否认它曾经璀璨耀眼的荣光，直至今日，巴尔贝克的风采依然带给人们无限的遐想与缅怀。岁月如梭，时间是

不等人的。我不禁思考，今日的我们，又将留给千百年后的子孙后代什么样的遗产，用来证明我们所生活的这个时代。这些遗产是否能让后人如现在我们仰望这些巍巍屹立千年的石柱一样，感到同样的震撼与感动？

值得一提的是贝卡谷地的土地相当肥沃，是种植葡萄和酿制葡萄酒的绝佳地点，或许酒神巴卡斯神庙就是因此而建立的。回程时，我顺着葡萄种植园走入黎巴嫩最大的葡萄酒生产商，也是世界驰名的卡萨瓦酒庄（Casanova di Neri），品尝了出自贝卡谷地的葡萄酒，做了一回不问世事的“酒仙”。

一个失落的王朝

黎巴嫩境内许多历史古城、遗址，因为曾被不同时代的王朝所占领统治过，因此多保留这些不同文明的痕迹，不同遗址间有着千丝万缕的联系。然而我本次的目的地安杰尔（Anjar）却大不相同，可以说是“前无古人、后无来者”。导游说它是一个辉煌盛世的阿拉伯倭马亚王朝遗址，没有其他文明的交叠，保留了作为一个倭马亚城市的建筑架构。

我怀着考古的心情，来到贝鲁特以东约58千米处的安杰尔遗址园区。园区位于与叙利亚只有一山之隔的贝卡谷地，并于1984年被列入世界遗产名录。世界遗产评审委员对这个地方有段精练的描述：“安杰尔是由卡利夫·瓦利德一世于8世纪初设计建立的城市，其废墟表明，其整体布

独一无二的阿拉伯倭马亚王朝遗址

局井井有条，使人联想起古代的宫殿，如今，安杰尔成为倭马亚城市规划设计的唯一见证。”

来到遗址园区，参观的旅客并不多，或许是因为邻近地区局势的不稳定，也或许是旅游当局对外宣传不足，多数人并不知道这里竟然有过一个繁荣盛世。我想多了解这个遗址的历史故事，因而仔细阅读起园区内的资料指示牌。倭马亚王朝是阿拉伯帝国第一个世袭王朝，在中国称之为“白衣大食”，由倭马亚家族建立，全盛时期在公元 7—8 世纪，版图涵盖中亚、阿拉伯半岛、北非整个南地中海沿岸，以至伊比利亚半岛，可谓盛极一时。

只可惜，王朝盛世还不到百年时间，661 年到 750 年，仅仅 89 年的倭马亚时期就因过度征战、劳民伤财、统治者骄奢腐化、王权争夺，以及阿拉伯部族间的冲突，终使称霸亚、欧、非三大洲的王朝无以为继，黯然退出历史的舞台。在历史上惊鸿一瞥的倭马亚王朝短时间的崛起和衰落大出历史学家的意外。但古今中外，无论任何朝代，似乎都摆脱不了盛极必衰的历史规律。所幸今日尚留下这座现

倭马亚王朝遗址大致呈正方形，四面八方被 2 米厚的城墙包围

存最大规模的王朝遗址供考古学者研究，见证它曾经的富裕和强盛。

从地理位置来看，安杰尔曾是内陆商贸中心，位于大马士革及南部丝绸贸易路线的交会点。安杰尔的建筑年代约始于 714 年，然而尚未建设完毕，于 744 年就遭到损毁废弃了。遗城的面积为 11.4 万平方米，大致呈正方形，四面八方被 2 米厚的城墙包围，包括城门和 40 座瞭望塔。

主要街道的十字路口四角各设了一座类似凉亭的建筑物

两条呈十字的主要街道贯穿全城，将安杰尔划分成 4 个区域，这样的设计充满罗马的城市规划风格。主要街道的十字路口四角各设了一座类似凉亭的建筑物，从其中一座修

复的建筑可以见到底部是石质基台，上头竖立 4 根柱子，这也是罗马城市建筑的特色。

主要大道的两旁，经考古人员点算，共有 600 多家店铺。前方是一个个拱门，从经过复原的拱门可以发现，柱子的粗细样式居然各不相同。另外遗址中还有王宫、阿拉伯式的公共浴池和清真寺等，两层拱门的王宫在这片满是低矮墙壁、倒塌石柱和各种散落物的遗址间显得特别醒目。

公共浴池

浴池内的马赛克地板

有着两层拱门的王宫遗迹

导游特别为我指出，城内建筑物都以石块为基础材料，但可以在某些地方发现石块与石块之间夹着砖块，这种特别的设计，并非为了装饰，而是为了防震，原来这种方法在地震发生时有缓冲的作用。导游还提到，修建城市时，工匠们有个习惯，会在石材上刻上专属于自己的记号，如此一来，可以从中辨认是出自谁的精巧手艺，相当有趣。

流落在安杰尔的叙利亚难民

而今住在安杰尔城的人口约3000人，多为亚美尼亚人后裔。追溯历史，1915—1919年，奥斯曼帝国对亚美尼亚人实行了种族灭绝式大屠杀，受害人数达150万之多。为了逃避屠杀，许多亚美尼亚人逃难到黎巴嫩，如今约有20万人，占黎巴嫩总人口的4%。而当年逃亡到此地的亚美尼亚人有数千人，他们度过一段极其艰苦的岁月后，终于重建家园，将安杰尔一带的山谷沼泽变成绿地良田。

不过历史总是惊人的相似。近10年来邻国叙利亚不断战乱，使得一批又一批难民为了逃避战火，跋山涉水来到这里，安杰尔再度成为难民们的避难所。据了解，滞留在黎巴嫩的叙利亚难民已超过百万，而留在这座遗城一带的难民就有二三十万人。我乘车离开安杰尔时，从车窗放眼望去，公路边杂乱无章的帐篷比比皆是，难民们的生活看起来相当简陋困苦。这些难民都是迫不得已离乡背井的，我想他们应该都深切盼望着祖国终有一日能够重拾和平，让他们得以重返家园。

卡迪沙圣谷和纪伯伦

黎巴嫩著名的爱国诗人纪伯伦（Jibran Khalil Jibran），给自己的祖国写下一段情感丰富的散文诗：

你们有你们的黎巴嫩，
我有我的黎巴嫩。
你们有你们的黎巴嫩及其难题，
我有我的黎巴嫩及其瑰丽。

你们的黎巴嫩是时日企图解开的政治死结，

我的黎巴嫩则是巍峨高耸、直插蓝天的山岳。

你们的黎巴嫩是形形色色的教派和政党，

我的黎巴嫩则是攀登岩石、追逐溪流、在广场上玩球游戏的少年。

在黎巴嫩的行程已接近尾声，这天我跟随导游驱车北上，前往黎巴嫩最深、最美的河谷——卡迪沙山谷（Wadi Qadisha），也称为圣谷（Holly Valley）。

我们先抵达圣谷的贝什里（Besharri）小镇，这段路程层峦叠嶂、连绵起伏、古树参天，风光如诗如画，沿途不时见到星罗棋布的农田、果树、教堂和屋舍。黎巴嫩文坛

贝什里小镇

骄子，与印度泰戈尔齐名的东方文学大师纪伯伦正是在这般充满大自然灵气的宁静小镇度过了他的童年时光。

虽然纪伯伦 12 岁便离开黎巴嫩前往美国，多半时间奔走于欧美之间，最后还在美国病逝，但是黎巴嫩在他的心中始终是世界上最美丽的地方。当他过世后，遗体被送回黎巴嫩，并安葬在故乡贝什里的修道院内。修道院后来成为他的纪念馆，馆内藏品包含他位于美国居所的物品家具，还有 440 件珍贵的画作和翻译成不同语言的著作，其中就有我所熟悉的散文诗《先知》。纪念馆内不准拍照，我遇到几位来自欧洲的旅客，他们同样非常专心地聆听导游的讲解。

纪伯伦纪念馆前方是霭霭的雪松山脉，山下是郁郁葱葱的幽深峡谷。或许因为纪伯伦生在如仙境般的山谷，面对壮丽多姿的雪山，使得他的创作充满着爱与美。他不仅

雪松山脉

热爱自己的祖国，也热爱全人类，他曾经讲过：“整个地球都是我的祖国，全部人类都是我的乡亲。”参观他的纪念馆和阅读他的作品后，我不禁对这位“讴歌爱与美、拥抱全人类”的诗人和画家多了一分敬重。可惜他英年早逝，只活了短短的48年，便因病与世长辞，否则他在文学和艺术上的贡献当不仅于此。

卡迪沙圣谷的岩壁上布满了自然形成的洞穴，连同一些人为盖起的石屋，自基督教创建时便已成为重要的修道士聚居之地，他们为了逃避战乱，或者为追求自我的修行提升来到此地。八九世纪面对伊斯兰教的扩张与迫害，卡迪沙圣谷更成为许多基督教徒的避难场所。

顺着蜿蜒的山路，我在车上也充分领略到山高谷深的自然风光。稍后我们在圣谷最大的安东尼·卡兹哈亚圣人修道院（Mar Antonios Qozhaya）前停车，这也是唯一一座一年四季都接待旅客参观的修道院。

安东尼·卡兹哈亚圣人修道院依托自然形成的岩壁洞穴修建而成

修道院一隅

修道院的祭坛设在天然的岩洞中

修道院旁是修士们耕作自给自足的山间农地，给山谷增添了一分“人间烟火”。这些修士除了耕作外，每天也会前往修道院的岩洞教堂礼拜祈祷。我虽非教徒，来到这里却有种归园田居的感觉，想必选择来此的隐修士们，还有那些不远万里、跋山涉水前来的虔诚信徒们，也都怀抱“衣沾不足惜，但使愿无违”的心境吧！

除了唯一有公路相通的安东尼修道院外，在圣谷的悬崖峭壁上和茂密松林间，还隐藏着不少用石头砌成的小礼拜堂、寺院以及修道院。里头的信徒们分属不同教派，讲着不同语言，像是希腊语、阿拉伯语，甚至还有埃塞俄比亚语，但他们却和谐地融入这个世外桃源中。听导游介绍，过去没有盘山公路时，修行者都得徒步跋涉，或以毛骡运送日常生活用品，历尽艰辛。如今交通虽然方便许多，但要通往那些没有公路到达的地方，还是得仰赖脚力。可见要修成正果，是必须付出代价的。

为免影响他们的清修，我不便多加叨扰，匆匆告别这片幽静的桃花源。

卡迪沙峡谷底部流淌着卡迪沙圣河，围绕的则是连绵的高峻山脉。此刻正值秋末，山峰上已积了一层白色薄雪，显得格外神圣。我们在一处雪松保护区停下，这片自然保护区属于埃登（Ehden），它是个被群山环绕的乡村，坐落在黎巴嫩北部山区的西南坡。

雪松是黎巴嫩的国树和象征，在黎巴嫩国旗中央就有雪松的图案。自古以来，雪松在地中海地区就已闻名遐迩，《圣经》中多次提到的香柏树、植物之王、上帝的杉树等指的就是雪松。腓尼基人、巴比伦人、埃及人、亚述人和希伯来人，都把雪松视为神圣的木材。许多神庙、宫殿都采用它

雪松

来做建材，包括犹太人的所罗门圣殿等。埃及胡夫金字塔（Pyramid of Khufu）内，法老殉葬品中的太阳船也是用雪松制成，且材料则是从我先前到访过的比布鲁斯港口运输过去的。

我下车漫步，这里气候相当宜人，风景如画，犹如走进了童话森林里。站在苍劲挺拔的雪松下，“树高风有态”，我深深地吸了一口气，如此纯净清新的空气，对于一个城市人来说，这真是至高无上的奢侈享受呀！

遗憾的是，由于长期大量的滥伐，一度覆盖整个黎巴嫩的雪松，现今只存留于几个雪松保护区内。无论世间的纷纷扰扰，这些超过千年树龄，成为黎巴嫩精神象征的雪松仍巍然屹立，始终如一，傲然地俯视着它脚下的山川和人民。

埃登雪松保护区内的雪松

后 记

2018年年初，前一本博文集《老玩童闯印度》付梓时，我的世界旅行地图刚添上第126个国家。截至本书完稿前的2018年10月，黎巴嫩成为我所走过的第142个国家，相信达成游历世界150个国家的目标已指日可待。

位于欧洲、亚洲、非洲三洲交会处的中东地区，古老的文明在此相互碰撞和融合，这儿拥有悠久的历史，又是伊斯兰教、基督教和犹太教的发源地，文化底蕴丰富，但同时也因为地理位置特殊，以及种族、宗教和石油资源等因素，导致这一地区烽火连天、纷扰不休。作为战事与冲突频仍的“世界火药库”，中东地区总让人感到充满神秘而又危机四伏，也因为有关此地区局势不稳定的消息时有所闻，使得旅客裹足不前。更由于在阿拉伯半岛国土面积最大的沙特阿拉伯尚未开放观光签证（据说沙特政府已有计划开放，但尚未宣布确切日期），提升前往当地的困难度，也让这片土地仿佛罩上一层面纱，带有朦胧美的距离感。

事实上，这些年我前往中东地区的次数并不算少，但多仅限于阿拉伯联合酋长国（注：阿拉伯联合大公国）下的几个酋长国，尤其是集团分公司所在地的迪拜，我更是前往了很多次。不过，随着集团业务的拓展，我也持续延伸中东的旅游触角，逐步探索其他的阿拉伯国家。沙特阿拉伯、约旦、巴林、黎巴嫩等国便都是我近一两年来才开始拜访的国家。无论是壮阔无垠的荒漠高原、年湮代远的古城遗址，抑或充满创新活力的现代都会，都充满了无穷的魅力，耐人寻味，吸引我一再往返。但某些地区出于冲突和难民等因素，安全方面仍有疑虑，建议朋友们若要访游，千万密切关注局势发展，尽量避免在危险地区逗留。

新书很荣幸能邀请到以下几位好友帮忙写推荐序，感谢他们百忙中答应我的不情之请：

· 西安美术学院党委书记王家春；

· 金银业贸易场理事长张德熙；

· 香港中文大学文物馆副研究员何碧琪；

· Hayel Abu Hamdan，Chief Operating Officer of Hantec Markets Limited；

· 亨强国际旅行社总经理陈淑燕。

2017 年，我举办了首场个人摄影展，精心挑选 30 余次前往我国东北时所拍摄的照片，获得许多朋友和观众的热烈响应。2018 年，我以非洲的原始与自然为主题，在台北、香港特别行政区举办了《原・野》摄影展。同时还在成都、重庆、福州等地举办摄影展，呈现宝岛台湾的风土人情、千姿百态。几场摄影展的成功举办，给予我信心与鼓励，使我再接再厉更加精进自己的摄影技术，希望未来能让大家欣赏到更多这个世界各个角落的精彩瞬间。当然，我也会继续秉持初衷，做一个用心走遍世界、快乐分享见闻的旅人。

鄧予立

2018 年 12 月